이춘풍전

왜 **무능**한 남편을 버리지 못할까?

물음표로
따라가는
인문고전

13

이춘풍전

왜 무능한
남편을
버리지 못할까?

글 **장주식** | 그림 **이은주**

지학사아르볼

사람은 습관을 얼마나
변화시킬 수 있을까?

이춘풍은 한마디로 개차반입니다. 결코 같이 살고 싶은 사람이 아니에요. 물려받은 많은 돈을 물 쓰듯 써 버리고 집안에선 가부장적인 권위를 휘둘러요. 하지만 춘풍 아내는 어떻게든 남편을 변화시켜 함께 살아 보려고 애를 쓰지요.

과연 사람은 한번 익힌 습관을 바꿀 수 있는 것일까요? 공자는 이런 말을 했습니다. "사람이 저마다 타고난 인성은 비슷비슷하지만 어떤 환경에서 살아가느냐에 따라 서로 달라진다."라고요. 맞는 말인 것 같습니다.

이제 막 예순 살이 된 아저씨가 이런 말을 하더군요.

"나는 스무 살까지 시골에서 살았는데도 뱀이나 벌레들이 무섭기도 하고 징그럽기도 하더라."

스무 살 이후 대도시 서울에서 30년 넘게 살다 보니 그렇게 되었답니다. 어릴 땐 손으로 뱀 꼬리를 잡고 빙빙 돌리기도 했다는데 말이죠. 지렁이도 그냥 맨손으로 잡기도 했고요. 그런데 지금은 시골에 가서 뱀을 보면 소스라치게 놀라고 벌레는 장갑을 끼고도 만지기 싫다는 거예요. 살아가는 환경이 바뀌자 습성도 변한 모습을 보여 주고 있지요.

그런데 다른 분이 재미있는 얘기를 했어요. 이분도 어린 시절에는 시골에서 살았지만 서울에서 30년쯤 살다가 다시 시골로 내려와 살고 계시지요.

"이제 한 오 년 지나니까 뭐, 어린 시절로 되돌아가는 것 같아. 뱀을 봐도 별로 놀라지 않으니까."

이 말은 꽤 중요하다는 생각이 듭니다. 주변 환경 때문에 습성이 바뀐 것 같지만 이미 몸에 익은 습성은 언제든 되살아날 수 있다는 것을 알려 주니까요.

이춘풍에게도 역시 살아가는 환경이 중요할 텐데요. 이춘풍이 개차반으로 행동하는 이유는 그렇게 해도 괜찮은 환경 속에서 살았기 때문이에요. 이춘풍은 남자라는 지위와 한 집안의 가장이라는 지위로 집안의 재물을 마음껏 탕진할 수 있었지요. 이야기의 배경이 되는 조선은 그런 사회였으니까요.

　사람이 타고난 본성이 좋다고 해도 학습하는 환경에 따라 얼마든지 나쁜 행동을 보일 수 있습니다. 예를 들면 요즘 우리 사회에서 문제가 되고 있는 재벌 가족의 계급질이 있어요. 상류 사회에서 그들만의 문화로 살아가는 재벌 가족은 돈 없는 서민과 자신의 계급이 다르다고 생각해요. 그래서 갑질을 넘어 계급질이라고 비난받는 행동을 하는 것이지요.

　이춘풍은 아내와 기생 추월에게 갑질을 하고 계급질을 합니다. 그러다 아주 큰 봉변을 당해요. 돈을 다 잃어버린 이춘풍은 기생 추월에게 거꾸로 계급질을 당하거든요. 이건 엄청난 모욕인데요, 이야기에선 이런 환경 변화를 통해 이춘풍의 행동을 바꿔 보려고 해요. 하지만 쉽지 않지요.

　탐욕을 한껏 부리는 습성을 이미 들여 놓았는데, 잠깐 환경이 변한다고 해서 행동이 쉽게 바뀌겠어요? 이춘풍은 기생집 하인으로 사는 모욕을 당하면서도 자기 잘못을 분명하게 깨닫지 못합니다. 더욱 가관인 것은, 아내가 비장인 줄도 모르고 아내 앞에서 자랑질을 하는 끝부분이에요. 눈곱만큼도 변화될 기미가 보이지 않는 모습이지요.

　이처럼 한번 습득된 버릇은 고치기가 정말정말 어렵습니다. 이것을 《이춘풍전》은 잘 보여 주고 있어요. 도박에 중독된 사람이 도박을

끊으려고 도박 기술 부리던 오른손을 스스로 잘라 내고도, 조금 시간이 지나면 왼손으로 다시 기술을 익힌다는 말이 있어요. 참, 기가 막힌 일 아닙니까? 고치기가 너무나 어려운 만큼 처음부터 어떤 습관을 들이느냐가 무척 중요합니다. 또한 습관은 어떤 환경이 주변에 조성되어 있느냐에 달린 것이기도 해요.

● **장주식**

 이 책의 활용

Part 1 | 고전 소설 속으로

고전을 아름다운 그림과 함께 담아냈습니다. 원전에 충실하면서도 어려운 단어를 최대한 줄이고 쉽게 풀이하여, 재미난 이야기를 마주하듯 술술 읽을 수 있도록 했습니다.

Part 2 │ 물음표로 따라가는 인문학 교실

　고전은 오늘의 우리를 비추는 거울이며, '인문학'을 담고 있는 그릇입니다. 이 책은 고전의 재미를 더하고, 우리 고전을 인문학적인 관점에서 바라볼 수 있도록 구성되었습니다.

● 고전으로 인문학 하기

　고전 소설을 읽고 나면 머릿속에는 여러 질문들이 떠올라요. 물음표에 대한 답을 따라가 보세요. 배경지식이 쑥쑥 늘어날 거예요.

● 고전으로 토론하기

　고전의 내용에 기반한 가상 대화가 이어집니다. '고전으로 토론하기'를 통해 다르게 생각하는 힘을 길러 보세요.

● 고전과 함께 읽기

　함께 읽으면 더욱 좋은 문학, 영화, 드라마 등을 소개합니다. 비슷한 주제가 다른 작품에서는 어떻게 표현되었는지 살펴보고 생각의 폭을 넓히세요.

Part 1 | 고전 소설 속으로

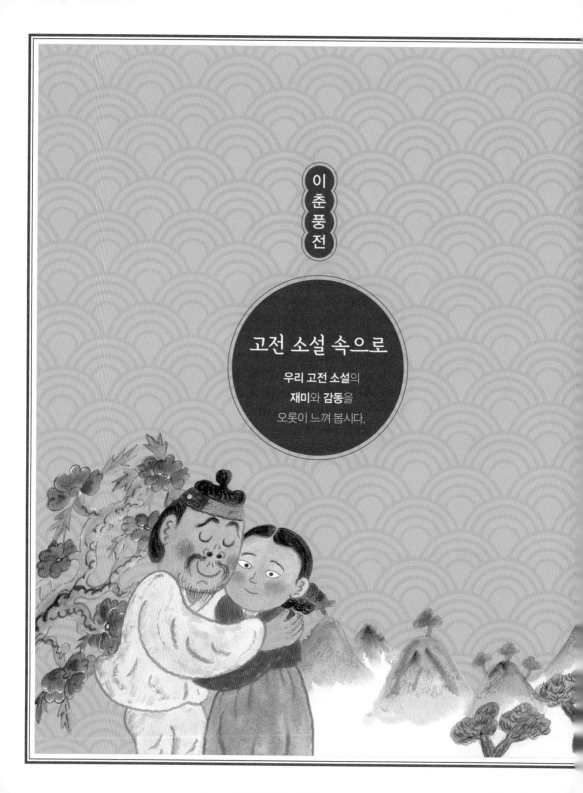

이춘풍전

고전 소설 속으로

우리 고전 소설의
재미와 **감동**을
오롯이 느껴 봅시다.

●

춘풍이 혼자 몸도 아니었다. 결혼하여 아내까지 있건만

집안일은 거들떠보지도 않았다. 밤이나 낮이나 기생집에 머물며

좋은 술 좋은 안주를 먹고 마시며 세월을 보냈다.

●

수만금 재물이
티끌처럼 사라지다

　조선 숙종 대왕 시절이다. 나라가 태평하고 사람들 살림살이가 풍족했다. 거리마다 노랫소리 흥겹고 집집마다 밥 짓는 연기가 뭉글뭉글 올랐다.

　이때 서울 다락골에 이춘풍이 살았다. 집안은 대대로 큰 부자였다. 그런데 이름을 '봄바람 춘풍'이라 지어 그런지 어려서부터 방탕하기 그지없었다. 돈 쓰기를 물 쓰듯 해도 누구 하나 막지 않았다. 수만금 재산을 남긴 부모는 일찍 돌아가시고 형제조차 없으니 과연 누가 막을쏜가.

　봄은 따스한 바람 살랑거리고 꽃피는 계절이라 좋고, 가을은 발간 단풍과 노란 국화가 좋아 놀았다. 아침이고 낮이고 저녁이고 늘

기생을 옆구리에 끼고 춤추고 노래 부르며 놀았다. 혼자만 노는 가? 노는 건 같이 놀아야 재미다. 서울 남촌 북촌 동촌 서촌 왈짜* 들을 불러 모아 술 주고 밥 주며 어울려 놀았다. 그러니 하루도 취하지 않는 날이 없었다.

그렇다고 춘풍이 혼자 몸도 아니었다. 결혼하여 아내까지 있건만 집안일은 거들떠보지도 않았다. 밤이나 낮이나 기생집에 머물며 좋은 술 좋은 안주를 먹고 마시며 세월을 보냈다. 아무리 부모가 남겨 준 돈이 많다 한들 남아날 수가 없다. 수만금 많던 재산이 티끌처럼 사라지고 마른 풀처럼 말랐다.

돈 없는 춘풍 곁에 누가 남을까. 입안에 혀처럼 굴던 기생들은 괄시하고 천하에 없는 형님 모시듯 하던 왈짜 패거리들은 뒤도 돌아보지 않고 떠나갔다. 그제야 춘풍은 집이라고 끄덕끄덕 찾아왔다. 고대광실 기와집도 팔아먹고 조그마한 집에 춘풍 아내가 바느질로 겨우겨우 연명하고 있었다.

그래도 남편이라고 집에 온 춘풍을 보고 아내가 일어서서 맞이했다. 하지만 이때를 놓칠쏘냐. 춘풍 아내는 일장 연설을 늘어놓았다.

"여보, 서방님. 내 말씀 잘 들으시오. 남자가 세상에 나서 할 일

---

* **왈짜** 말이나 행동이 단정하지 못하고 수선스럽고 거친 사람. 왈패.

이 무엇이오. 글 읽고 무예 닦아 과거에 급제한 뒤 임금님을 뵈어야 하지 않겠소. 임금님이 벼슬을 주시면 열과 성을 다하여 이름을 후세에 전하는 것이 떳떳한 도리라오. 만약 그것이 안 된다면 부모가 남겨 주신 재산이라도 지켜야 하오. 늘리지는 못하더라도 잘 지켜서 자손에게 전해 줌이 가장으로 당연한 일이지요.

그런데 당신은 이게 무슨 일이오? 처자를 돌보지 않더니, 그 많던 노비며 그 많던 논밭도 하루아침에 다 잃어버리지 않았소. 이제 어찌 살 것이오? 부모 형제도 없고 일가친척도 외면하니 앞날이 막막하오. 기생첩을 좋아하는 사람이 망하지 않고 배길까.

미나리골 사는 박화진이란 이는 기생첩을 끼고 살다 나중에 굶어 죽었다 하오. 남산 밑에 사는 패두는 어린 시절 큰 부자였으나 허랑방탕하다가 늙어 상거지가 되었다오. 모시전골 김 부자는 술 잘 먹기로 유명하더니 수만금 다 없애고 똥 장수 되어 산다 하오. 이런 사람들과 당신이 하나 다르지 않으니 그 앞날이 뻔하지 않겠소? 제발 정신 좀 차리시오."

얼굴을 찌푸리며 듣고 앉았던 춘풍이 대답했다.

"어허, 자네 내 말 들어 보게. 자네 말이 다 옳다고만 할 수 없네. 요 앞집 매갈쇠는 한 잔 술 못 먹어도 돈 한 푼 못 모았고, 바우고개 이도명은 쉰 살이 되도록 술도 모르고 기생도 몰랐으나 남의 집 머슴만 살았고, 탁골 사는 먹돌이는 투전도 모르고 술도 기생도 몰랐으나 부모가 준 수만금 다 잃고 나중에 굶어 죽었다네. 사연이 이러하니 술 안 먹고 기생질 안 한다고 다 잘사는 건 아니라.

또 내 말 잘 들어 보게. 술 잘 먹기로 이름난 중국 시인 이태백은 날마다 취해 놀았으나 한림학사 벼슬을 살았고, 투전이며 도박으로 이름난 원두표는 온갖 잡기에 능했으나 나중에 정승까지 했네. 사연이 이러하니 술이며 기생이며 온갖 잡기가 다 한때의 놀음이라. 나도 지금은 이러하나 나중에 판서도 되고 정승도 되어 후세에 이름을 전하리라. 너무 걱정 말게."

춘풍 아내 기가 막혀 말이 세게 나갔다.

"사람이 그만하면 알아들을 만도 하건만 타고나기를 개새끼만도 못하구나. 애고 내 신세야."

졸지에 개새끼란 소리를 듣고 보니 춘풍이 뒤통수에 열이 바짝 올랐다.

"이런 요망한! 사내대장부에게 개새끼가 무어야."

개 짖는 소리를 내지르며 아내 뺨을 한 대 올려붙인 뒤에 휭 하니 집을 나와 버렸다.

집을 나온들 어디 갈 데가 있으랴. 칙사 대접*하던 기생집에서도 춘풍을 개새끼 뒷다리에 묻은 똥만큼도 여기지 않았다. 어울려 놀던 왈패들을 찾아가니 거지에게 적선하듯 떡 한 조각을 땅에 던져 주었다. 춘풍이 울적하고 서러워 그제야 속으로 생각했다.

'내가 방탕하게 놀다가 아내까지 때린 죄를 받는구나. 애고, 내 신세야. 허물을 뉘우치면 아내가 받아 줄까? 그래. 아내에게 빌어나 보자.'

마음을 다져 먹고 집에 돌아오니 춘풍 아내가 눈물 짜던 눈으로 춘풍을 노려보며 돌아앉았다. 춘풍은 아내 옆에 슬쩍 다가앉아 정성스럽게 빌었다.

"여보, 부인. 노여워도 말고 슬퍼도 하지 말고 내 말 좀 들어 보오. 내가 이제야 깨달았소. 지나간 날들은 돌아보니 하나같이 얼빠진 짓이었소. 사람들에게 괄시를 당하고 보니 부인이 얼마나 귀한 사람인지 알았다오. 이제 나는 가장도 아니오. 내가 무슨 염치로 가장 노릇을 하겠소. 오늘부터 집안일은 부인 주장대로 다 하오. 지금부터 집안 재산은 쌀 한 톨도 부인 허락 없이는 손을 대지 않으리다."

춘풍이 존댓말까지 하면서 아양을 떨었으나 춘풍 아내는 화난

---

* **칙사 대접** 극진하고 융숭한 대접을 이르는 말.

얼굴을 풀지 않고 말했다.

"세 살 버릇 여든까지 간다 하오. 기생첩 옆에 끼고 놀던 그 재미를 어찌 잊을 수 있으리오. 또 돈냥이나 몇 푼 손에 쥐면 쪼르르 달려가겠지."

"허허. 부인이 나를 못 믿는구려. 그럴 만도 하지. 자라 보고 놀란 가슴 솥뚜껑 보고도 놀란다고 하니. 내가 아주 각서를 쓰겠소."

"어디 그럼 각서를 써 보시오."

춘풍 아내가 미리 준비라도 한 듯 지필묵을 내놓았다. 아내가 쓱쓱 갈아 준 먹물을 듬뿍 찍어 춘풍이 각서를 썼다.

임자년 사월 십칠일. 춘풍은 아내 김씨 앞에서 수기를 쓰노라.

그동안 김씨 말을 듣지 않고 재산 수만금을 방탕하게 다 써 버린 잘못이 있었다. 이제 지난 잘못을 깨닫고 깊이 반성하며 다음과 같이 약속한다.

첫째, 오늘 이후로 집안 모든 일은 김씨에게 맡긴다.

둘째, 김씨가 재산을 모아 수만금이 되더라도 재물은 오로지 김씨가 관리한다.

셋째, 가장 이춘풍은 돈 한 푼 곡식 한 홉도 마음대로 처리하지 못한다.

넷째, 또 술을 취하게 먹거나 기생질을 하는 병폐가 있으면 이 수기를 증거로 관가에 소송하여 곤장의 벌을 받기로 맹서한다.

이 수기를 쓴 사람은 가장 이춘풍이다.

춘풍 아내가 각서를 읽고 나서 피식 웃었다. 춘풍은 온 정성을 들여 각서를 썼건만 잘못 썼나 싶어 얼른 물었다.

"아니, 왜 웃소?"

"관가에 소송하라니 웃었소. 똥줄이 타기*는 타나 보오. 곤장 무서운 줄 모르고 벌받겠다는 말을 제 손으로 쓰니 말이오. 내 아무리 밉다 하나 서방을 어찌 관가에 고발하리오. 더구나 곤장 맞겠다는 말 믿기 어려우니 후기를 다시 써 보오."

춘풍이 잠깐 생각하다가 후기를 다시 쓴다.

아내 김씨가 믿지 않으므로 후기 한마디를 다시 쓰노라. 내가 또다시 허랑방탕하게 논다면 개아들이라. 사람의 자식이라 할 수 없으니 조상을 욕보이는 일이 아니겠는가.

춘풍 아내가 후기를 보고 고개를 끄덕인다. 각서를 잘 접어 봉투에 넣은 뒤 안방 장롱 깊숙이 넣었다.

그날부터 춘풍 아내가 집안 대소사를 돌보고 재물을 모으는데

---

* **똥줄이 타다** 몹시 힘이 들거나 마음을 졸이다.

빈틈이 없었다. 춘풍 아내는 워낙 바느질 솜씨가 좋아 일감이 넘쳐 났다. 오 푼 받고 버선 짓고, 한 돈 받고 뜨개버선, 두 돈 받고 한삼 짓기, 세 돈 받고 헌 옷 깁기, 네 돈 받고 장옷 짓기, 닷 돈 받고 도 포 짓기, 여섯 돈 받고 철릭 짓기, 일곱 돈 받고 이불 하기, 한 냥 받고 바지 볼기 누비기, 두 냥 받고 겹옷 누비기, 석 냥 받고 관대 를 지었다.

그뿐인가. 봄이면 삼베를 놓고 여름이면 모시를 누비고 가을이 면 염색하고 겨울에는 무명을 놓았다. 이렇게 사시사철 낮이나 밤 이나 일을 하니 집안 재물이 부쩍부쩍 늘어났다. 미처 오 년이 되 지 않아 기와집도 다시 찾고 옷이며 음식이며 풍족했다. 배부르고 등 따뜻하니 죽어지내던 춘풍이 슬슬 옛날 버릇이 살아났다. 안 먹 던 술도 마시고 취하여 호기를 부려 댄다.

"하하하. 여보, 부인. 아니 자네, 그동안 고생 참 많았네. 내가 이제 슬슬 움직여 봐야겠네. 내가 호조에 아는 벗이 있어 돈 이천 냥쯤 변통*이 가능해. 사나이 대장부 어찌 집안에 들어앉아 주는 밥만 축내겠는가. 내 호조 돈 이천 냥으로 평양 가서 방물장사를 하려 하네. 잃어버린 가산도 되찾고 자네 바느질도 그만두게 하려 네."

* **변통** 돈이나 물건 따위를 다른 곳에서 빌리거나 구하여 씀.

춘풍 아내 듣고 기가 막히고 코가 막혔다. 가슴이 두근거리고 머리가 우지끈 아팠으나 간신히 진정하고 말했다.

"여보시오, 서방님. 이 무슨 마른하늘에 날벼락 치는 소리요. 한 오 년 다심 두고 앉아 잘 버텼잖소. 그리고 당신이 집안에만 앉아 세상에 나간 적이 없으니 세상 물정을 어이 알겠소. 더구나 평양은 번화하기 이를 데 없어 세워 놓고 코 베고, 앉혀 놓고 귀 베어 가는 곳이라오. 그뿐이겠소. 분칠하고 비단 휘장 두른 기생방이 즐비하고 붉은 입술 속에 흰 이를 드러내며 노래 부르는 기생 많기로 유명한 곳이오. 좋은 술 예쁜 몸짓으로 돈 많은 사내 후리기는 손바닥 뒤집듯 쉬운 곳이라. 아주 세워 놓고 벗겨 먹는다니 아예 평양일랑 갈 꿈도 꾸지 마오."

하지만 이미 봄바람이 들 대로 든 춘풍에게 그 말이 들릴쏘냐. 춘풍이 짐짓 점잖게 아내를 달랜다.

"허허, 부인. 나도 사람일세. 그 많던 재물을 날리고 어이 원통하고 애달프지 않았겠나. 이제 좋은 벗이 있어 돈을 변통할 길이 열렸으니 하늘이 주는 운일세. 또 옛날부터 이른 말이 있지 않은가. 많은 돈을 쓴 사람은 반드시 한 번은 재물이 다시 돌아온다 했으니 지금이 바로 그때일세. 나라고 망하기만 하겠는가. 내 훵 하니 다녀와 나귀며 말에 가득가득 돈을 싣고 옴세. 자네는 손톱만큼도 걱정하지 말게."

춘풍 아내가 그만 낙담하여 쓰러지듯 주저앉았다.

"여보, 서방님. 제발 정신 좀 차리시오. 배에 기름칠하고 재물이 조금 모이니 개 버릇이 되살아났구려. 아무리 사람이 못났기로서니 오 년 전 맹서를 잊었단 말이오. 당신이 각서에 뭐라고 썼소? 또다시 허랑방탕한 짓을 한다면 사람의 자식이 아니라 다짐 두지 않았소?"

"허허. 거참. 허랑방탕이라니. 사내대장부가 큰 뜻을 품고 장삿길 가려는데 허랑방탕이라니. 어, 재수 옴 붙는 말이로고."

춘풍 아내도 독이 올랐다.

"허랑방탕 아니면 미친바람이라 할까? 그냥 들어앉아 주는 밥을 먹으면 얼마나 좋은가. 미친바람이 도졌으니 당신은 각서대로 개아들이오."

춘풍은 눈이 뒤집혔다. 아내가 각서에 쓰인 대로 개아들이라 했을 뿐이건만 춘풍은 '개새끼'로 들었다. 정신이 반쯤 나가고 꼭지가 홱 돌아서 그 곱고 착한 아내의 머리채를 휘어잡았다. 이리저리 머리채를 휘돌리다 분이 풀리지 않아 얼굴을 몇 대 짝짝 때리기까지 하고 나서 소리친다.

"이런 요망한 년. 천 리 먼 길 큰 장사 떠나는 대장부 앞길에 요렇게 망조를 들게 한단 말이냐. 에잇!"

춘풍이 길길이 날뛰니 누가 막을 수 있으랴. 춘풍은 아내를 떠

다박지르고* 호조에 돈을 빌리러 갔다. 호조 친구는 춘풍의 기와
집과 가재도구를 담보 잡고 돈을 빌려줬다. 춘풍은 호조 돈뿐 아니
라 아내가 겨우겨우 모아 둔 돈 오백 냥까지 다 빼앗아 방물장사를
떠났다.

* **떠다박지르다** 마구 떠다밀어 넘어뜨리다.

　　　　　　　　●

춘풍이 누마루에 나앉았다가 어여쁜 아기씨를 보게 되었다.

아기씨는 바로 평양에서도 이름이 높은 기생 추월이었다.

올해 이팔청춘 열여섯이라 향기가 사방에 진동할 나이다.

　　　　　　　　●

'봄바람' 춘풍이 '가을 달' 추월을 만나다

춘풍이 튼튼한 말에 호랑이 가죽 방석을 깔고 의기양양 높이 앉았다. 이천오백 냥은 나귀에 실어 끌고 평양으로 길을 간다.

때는 한창 봄이라. 골골마다 꽃이 울긋불긋, 개울마다 맑은 물이 졸졸, 푸른 산 언덕마다 봄빛이 한가득 어울렸다. 펑퍼짐한 소나무, 층층이 얽힌 머루 다래, 늘어진 버드나무는 부는 바람에 흥이 나서 우줄우줄 춤을 추고 봄맞이 나온 산비둘기는 펄펄 날며 울음 운다.

말도 경치 보느라 멈칫거리자 춘풍이 채찍을 놓아 달리게 한다. 다그닥다그닥 말발굽 소리 요란하게 동설령을 넘어 황주 병영 구경하고, 평양을 바라보며 영계골 얼른 지나 긴 숲 드러누운 대동강변에 이르렀다. 모란봉은 멀리 떨어져 부벽루*를 안았고 대동문 연광정은 천하제일경이 여기로구나. 기자 단군 이천 년 유적을 지닌 보통문*, 성 밖 영명사는 흐린 눈을 씻어 준다. 시구문 밖에 돛단배는 봄빛에 황홀하다. 대동강을 건너 대동문을 들어서니 집이며 물건이며 사람이며 번쩍번쩍 윤이 난다.

춘풍이 말에서 내려 객사*를 찾아갔다. 객사 주인은 한눈에 돈 많은 사람임을 알아보고 굽신굽신한다. 춘풍이 큰 기침하고 숙소를 정한 뒤 천천히 평양 구경을 다니었다.

사흘이 지난 날이었다. 춘풍이 누마루*에 나앉았다가 어여쁜 아기씨를 보게 되었다. 단박에 눈이 휘둥그레지는 미모였다. 춘풍이 눈을 한 번 비비고 다시 보니 미색이 더욱 황홀하니 뛰는 가슴을 진정할 길이 없다.

아기씨는 바로 평양에서도 이름이 높은 기생 추월이었다. 올해 이팔청춘 열여섯이라 향기가 사방에 진동할 나이다. 추월은 서울 사는 이춘풍이 나귀에 돈궤를 가득 싣고 왔다는 소문을 듣고 춘풍

* **부벽루** 평양시 대동강변 청류벽 위에 서 있는 정자.
* **보통문** 평양성 중성의 서문.
* **객사** 나그네를 치거나 묵게 하는 집.
* **누마루** 다락처럼 높게 만든 마루.

을 호리려고 살짝살짝 모습을 보이는 중이었다.

추월이 창문을 반쯤 열고 새치름하게 앉은 모습에 춘풍은 애가
달았다. 초록 저고리에 붉은 치마가 풍성하고 얼굴은 맑은 하늘에
뜬 흰 달이요 아침 이슬을 머금은 모란꽃이었다. 가만가만 움직이
는 맵시는 물을 찬 제비요, 아리따운 손짓은 달 속에 산다는 선녀
의 모습이었다.

짙은 눈썹을 움직여 매끈한 이마를 살짝 찌푸리던 추월은 칠현
금을 내놓고 둥기덩 뚱땅 튕기기 시작한다. 붉은 입술 반만 열고
사랑가를 부르는데 애절한 그 소리가 춘풍의 귀를 파고든다. 춘풍
은 몸과 마음이 달아올라 앉지도 못하고 서지도 못하고 몸을 제대
로 가눌 수가 없다.

춘풍이 원래 어떤 자인가. 기생 놀이라면 화약 더미에 불씨 댕
기듯 하고 고양이 앞에 생선 놓은 듯하지 않던가. 아무리 참을 인
(忍) 자 백 번을 쓴다 한들 참아질 리가 없다. 미친 마음에 마침 봄
바람이 살랑 불어오니 춘풍이 온 정신이 천리만리 달아났다. 추월
은 자석이요 춘풍은 바늘이 되어 버렸다. 춘풍이 가장 좋은 옷으로
차려입고 추월을 찾아간다. 혼인할 신부를 찾아가듯, 꾀꼬리 앵무
새가 제 짝을 찾아가듯, 나비가 꽃을 찾듯이 춘풍이 허위허위 추월
을 찾아갔다.

추월은 이미 춘풍이 집에 찾아오는 걸 다 알고 있었다. 춘풍이

애달아 하는 양을 살짝살짝 곁눈질로 다 보고 있었던 터라. 추월은 뜰아래 내려서서 춘풍을 기다렸다. 춘풍이 마당에 썩 들어서자 추월이 고개를 살짝 숙이고 말했다.

"서방님, 어이 이리 더디 오시나이까."

"응? 자네가 나를 기다렸단 말인가?"

"한양에서 멋진 미남자 이춘풍이 평양에 오셨다는 말은 진작에 들었어요. 이제나저제나 오실 날을 손꼽아 기다리고 있었지요."

"오! 그러한가."

춘풍이 입꼬리가 귀에 가서 걸리었다. 추월은 살짝 눈웃음을 치며 휘어지는 버들가지처럼 나긋나긋한 손으로 춘풍의 소매를 휘어잡았다.

"어서 올라가시어요."

춘풍은 추월이 이끄는 대로 봉당을 지나 대청마루에 오르고 방안으로 들어섰다. 방 안에 들어서고 보니 눈이 휘황하다. 산수를 그린 병풍과 구름과 안개를 그린 병풍이 둘러쳐 있고 문살마다 포도와 댓잎을 묵화로 그려 넣었다. 벽마다 동중서의 책문, 제갈량의 출사표, 적벽부*가 명필로 써서 걸렸다. 벽 앞에 놓인 문갑에는 놋촛대, 청동 거울, 요강, 재떨이까지 있고, 자개 박힌 장롱이 큰 놈

* 동중서의 책문, 제갈량의 출사표, 적벽부는 모두 유명한 글이다.

작은 놈 중간 놈 다 있고, 반닫이* 위에는 비취색 비단 이불과 베개가 놓였구나.

가까이 앉아 향내를 풍기는 추월은 어떠한가. 속눈썹을 반쯤 내리고 볼을 발갛게 물들이며 웃는데 외보조개가 쏙 들어간다. 감탕 같은 머리는 봉황 새긴 비녀로 마감하고, 겹저고리 앞에 은장도를 수실로 매어 고름에 달고, 상아 귀고리 찰랑이고, 섬섬옥수*에는 금반지 옥반지가 영롱하다.

춘풍이 말도 못하고 입만 벌리고 앉았는데 추월이 담뱃대를 꺼내 담배를 잰다. 오래 살 수(壽)와 복 많을 복(福), 수복을 새긴 담뱃대에 향 좋은 담배를 가득 넣고 청동화로에 푹 찔러 불을 붙인 뒤 추월이 두 무릎을 꿇고 공손하게 담뱃대를 바친다.

"우선 담배 한 모금 하십시오."

어이 거절하리. 춘풍이 덥석 받아 한 모금 빨고 보니 여기가 곧 무릉도원*이었다. 두 모금 빨고 나니 기분이 희희낙락, 춘풍이 입을 열어 말했다.

"내가 일찍이 서울에 태어나 살며 어여쁜 기생이란 기생은 다

* **반닫이** 앞의 위쪽 절반이 문짝으로 되어 아래로 젖혀 여닫게 된, 궤 모양의 가구.
* **섬섬옥수** 가냘프고 고운 여자의 손을 이르는 말.
* **무릉도원** 복숭아꽃 피는 아름다운 곳이란 말로, 속세를 떠난 이상향을 뜻함.

만나 봤다네. 그러나 그대 같은 미모는 내가 오늘 처음이라. 마침 멀리 타향에 와서 울적하던 참에 자네를 만나고 나니 고향에 온 듯하이. 내 오늘 밤엔 여기서 묵고 가려 하니 그대는 부끄러워 말라. 봄밤에 복사꽃이 피었으니 꽃과 나비가 어울리지 않고 어찌하리."

추월이 고개를 살짝 숙이고 입술을 반만 열어 살짝 웃으며 대답했다.

"소녀가 바라는 바이옵니다. 서방님이 찾아오시기를 하루를 일 년같이 기다렸어요."

추월의 말에 춘풍의 간과 쓸개가 다 녹아난다. 추월이 바깥을 향해 "상 올려라." 하고 소리치니 예, 소리가 들리고 큰 상 작은 상 온갖 상이 들어왔다.

국화 새긴 둥근 상 위에 대나무 새긴 큰 접시가 즐비했다. 한 접시엔 문어와 전복으로 봉황을 그렸고 숭어찜, 갈비찜, 너비아니가 접시마다 가득했다. 겹산적엔 채소를 곁들이고 간장도 가지가지 초장도 가지가지였다. 은행, 대추, 배 등 각가지 과일에 백설기, 절편 등 온갖 떡이 차려 있다. 술은 평양소주에 감로주, 포도주, 국화주, 과하주, 송엽주, 백일주, 홍주, 백주, 화초주 종류마다 담겨 왔다. 추월이 파랑새를 새긴 술잔에 평양소주를 가득 따라 춘풍에게 권하며 말했다.

"이 술 한 잔 드시면 삼 년이 젊어진답니다."

"오, 그러한가. 어디 한 잔뿐일까. 내 술이라면 말로도 먹고 섬으로도 먹는다네. 술은 내가 먹지만 자네는 어여쁜 음성으로 권주가* 한 자락 뽑아 보시게."

"그거야 뭐 어렵겠어요."

추월이 방싯 웃으며 칠현금을 당겨 타면서 권주가를 부른다.

"잡으시오, 잡으시오. 이 술 한 잔 잡으시오. 사람이 목숨 길어 한 백 년을 산다 해도 근심 걱정 많으니 웃을 날이 몇 날일까. 백 년도 못 사는 인생 아니 놀고 무엇 하리. 이 술은 술이 아니라 신선이 받은 다디단 이슬이로세. 아니 마시고 어이하리. 뜬구름 같은 인생사 얼음 녹듯 죽어지면 하루 낮 봄꿈 아닐런가. 드시오, 드시오. 불로초*로 빚은 술이오니 쓰나 다나 죽죽 드시오."

"허허, 그 참 듣기 좋은 소리로다."

춘풍이 노래에 취하고 추월이 미모에 취해 거푸거푸 술잔을 잡는구나. 단참에 대여섯 잔을 들이켜니 얼굴이 불그레 흥이 돌았겠다. 춘풍이 묻어나는 밀가루 반죽처럼 보드라운 추월의 손목을 덥석 잡으며 말했다.

"얘, 추월아. 나는 춘풍이요 너는 추월이니 이름이 아주 딱이로

* **권주가** 술을 권하는 노래.
* **불로초** 먹으면 늙지 않는다고 하는 풀.

구나. 봄바람 가을 달이 천생배필 아니냐. 원앙이나 앵무처럼 우리도 쌍쌍이 연분 맺어 놀아 보자."

"서방님, 감히 청하지 못할 뿐이지 소녀 또한 간절한 바람이어요."

"오냐. 내가 먼저 한마디 하마. 네 이름이 추월, 가을 달이니 '달'로 운을 달아 보자. 금강산 반달, 백두산 흰 달, 서울 하늘 조각달, 평양 하늘 밝은 달, 이 방 안에 예쁜 달이 바로 너 아니냐."

추월이 입을 가리고 호호호 웃더니 이렇게 화답했다.

"서방님은 춘풍, 봄바람이라 '바람'으로 운을 잡을게요. 서쪽 하늘 하늬바람, 동쪽 하늘 샛바람, 남쪽 하늘 마파람, 북쪽 하늘 된바람, 동지섣달 찬 바람, 한여름 비바람, 바람도 많지만 이 방 안 봄바람이 제일이라. 서방님은 바람이요, 나는 달이라. 바람에 달이 흔들리니 꼭 안아 주시어요."

"오냐, 오냐. 이리 오너라. 안고 놀자."

추월이 기다렸다는 듯 품속에 폭 안기니 춘풍이 그저 싱글벙글 넋이 반은 날아갔다. 넋이야 있고 없고 품속에 안긴 추월이야 어여쁘기 그지없다.

"이 밤아 가지 마라. 이 밤아 새지 마라. 나는 바람이 되고 너는 달이 되어 하늘땅이 다하도록 변함없이 놀아 보자. 좋구나, 좋을시고."

"서방님, 대동강 마른다고 제 마음이 마르겠어요. 사철 부는 바람이 그친다고 제 마음이 변할까요. 어이 이리 더디 만났는지 그게 한스러울 뿐이어요."

추월이 품속으로 더욱 파고드니 춘풍이 반 남았던 넋이 온전히 날아가고 말았다. 춘풍이 그날부터 추월을 첩으로 삼고 날마다 잔치 여는 걸로 일을 삼았다.

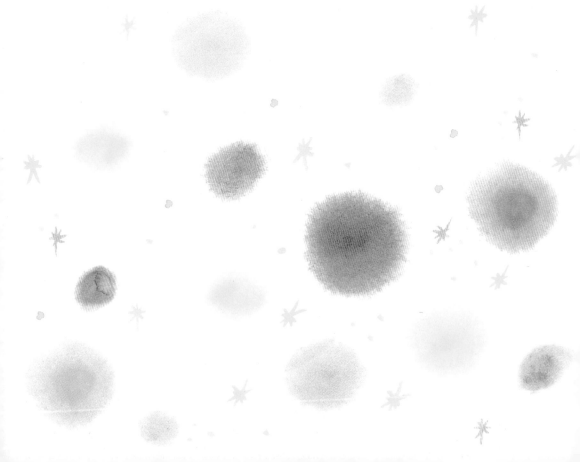

●

춘풍은 추월 집 하인이 되어 물 긷고

나무하고 마당 쓸고 온갖 일을 다 하게 되었다.

●

춘풍이,
추월이네 머슴이 되다

추월이에게 혹해 날마다 술잔치로 놀다 보니 춘풍이는 장사할 마음이 꼬물도 없었다. 나귀에 실어 온 돈 이천오백 냥을 방 안에 들여놓고 야금야금 먹어 치웠다. 추월이는 춘풍이 돈을 후리려고 온갖 교태와 아양을 다 떨었다.

"서방님, 좋은 비단이 어떤 건지 아시어요?"

"글쎄, 어떤 것이냐?"

"돈사단, 가계주, 장문주 이런 것들이어요. 중국에서 수입한 질 좋은 비단인데, 소녀는 구경도 못 했어요."

"구경도 못 하다니 그게 될 말이냐. 얼마면 산다더냐?"

"이백 냥이어요."

"옜다, 이백 냥."

춘풍이 두말 않고 이백 냥을 내줬다. 추월이 그 뒤로는 춘풍을 볼 때마다 후리는데 이렇게 하는 거였다.

"남봉황라, 팔양주 명주가 좋으니 사 주시어요. 은죽절*, 금봉채* 비녀를 갖고 싶어요. 문어, 오징어, 삭힌 전복 먹고 싶어요. 연안 백천 좋은 쌀 마흔 석만 사 주세요. 칠보 상은 귀 떨어지고 자기 그릇이 빠져 바꾸고 싶어요."

"오냐, 오냐. 그래라, 그래."

춘풍은 달라는 대로 오십 냥, 백 냥, 이백 냥, 집어 주다 보니 이천오백 냥이 일 년이 못 가 거덜이 났다.

자, 춘풍이 손안에 돈이 한 푼도 없으니 어떻게 될까. 여전히 추월이가 맛있는 밥을 주고 술을 주고 비단 금침에서 잠자게 했을까. 추월이 춘풍을 죽도록 사랑한다고 했으니 당연히 그랬으려나. 천만의 말씀. 춘풍이 돈 떨어진 것을 안 추월이 이렇게 말하는 것이었다.

"아, 이 양반아. 내 말 듣소."

춘풍이 깜짝 놀라 눈을 둥그렇게 뜨고 추월을 바라본다. 달콤하

---

* **은죽절** 은으로 만든, 여자의 쪽에 꽂는 장식품.
* **금봉채** 금으로 만든 봉황 모양의 비녀.

게 부르던 "서방님" 하는 소리는 어디로 가고 눈을 가늘게 뜨고 노려보며 "이 양반아"라니. 춘풍이 어안이 벙벙하여 아무 말도 못하고 앉았으니 추월이 싸늘하게 내뱉었다.

"한량은 한량의 법도가 있는 법이오. 돈 떨어지면 기생집을 떠나는 법이 그 법이오. 여태 그것도 몰랐단 말인가. 이제 이 집에서 나가시오. 어디로 가려오? 서울 집으로 가려오? 노자 없으면 그동안 정으로 내가 노자 정도는 보태 주리다."

추월이 뒷손에 들고 있던 돈푼을 방바닥에 던진다. 엽전 두어 개가 또르르 구르다가 자빠진다. 춘풍이 기가 막히고 코가 막히는 중에 설운 마음 분한 마음이 끝도 없이 일어난다.

"얘, 추월아. 너 왜 이러냐. 너와 내가 원앙금침에 둘이 누워 살았을 때 이별 말자 태산에도 맹세하고 바다에도 맹세하지 않았더냐. 대동강 깊은 물이 한 방울도 없어진다 해도 네 사랑은 마르지 않겠다더니 지금 말이 무슨 말이냐. 사랑이 지나쳐 그런 것이냐? 지금 나와 농담으로 그러는 것이냐. 가라니, 이게 무슨 말이냐. 참말이냐 거짓말이냐."

춘풍이 반 우는 말로 매달리니 추월이 무슨 보기 싫은 벌레라도 본 듯이 몸에 진저리를 쳤다. 예쁜 이마에 주름을 가득 담고 추월이 소리쳤다.

"이런 멍청한 양반을 봤나. 생긴 건 초겨울 감꼭지같이 비틀어

져서 사람 말을 못 알아듣네. 돈 없으면 기생집에서 나가는 건 천하의 바른 법인데, 잔말이 왜 이리 많은가. 여봐라, 이 감꼭지를 마루 아래로 내쳐라."

"예이." 소리가 나며 추월이 집에서 부리는 하인 둘이 달려들어 춘풍을 마당으로 끌어냈다. 추월은 뒤도 돌아보지 않고 쌩하니 방으로 들어가 문을 닫아걸었다. 춘풍은 댓돌에 기대앉아 짓느니 눈물이오 나오느니 한숨이었다.

흙 묻은 엽전 몇 개를 손에 들고 추월이 집 대문을 나섰으나 갈 곳이 없다. 낙엽은 지고 바람은 차다. 꽃잎 날리는 봄바람 따라 평양에 왔다가 찬 바람 부는 늦가을에 알거지가 되었구나. 춘풍이 비칠비칠 걷다가 어느 이름 모를 호숫가에 이르렀다. 검은 물빛을 물끄러미 바라보는데 이런 생각이 절로 난다.

'서울에 돌아간들 처자는 어찌 보고 호조 친구에겐 뭐라 할 것인가. 호조 돈을 못 갚으면 의금부에 잡혀가 곤장 맞아 죽기 십상일 터. 애고애고, 섧고도 섧구나. 물에 빠져 죽자니 물이 차가워 못 죽겠고 칼로 찔러 죽자니 아파 못 죽겠다. 거지 되어 빌어나 먹을까. 거지 되어 떠돌면 아이들은 돌 던지고 어른들은 손가락질할 테지. 에라, 그것도 못하겠다. 애고애고. 어디로 가잔 말인가. 갈 곳이 없구나.'

춘풍이 이러지도 저러지도 못하고 멍하니 섰다가 한 생각을 떠

올렸다. 춘풍은 괴로운 중에도 씩 웃으며 돌아서서 바쁜 걸음으로 추월 집을 찾아갔다. 추월이 냉큼 춘풍을 만나 주지 않았다. 그러나 춘풍이 물러나지 않고 하도 애걸복걸 불러 대니 추월이 양 눈에 쌍심지를 돋우고 나와 할 말이 있으면 해 보라고 하였다.

"여보, 추월이. 내 말 들어 보게. 내가 밖에 나가 보니 갈 데가 없네. 화류 정도 정 아닌가. 너무 박절하게 그리 말게. 내가 공밥은 아니 먹겠네. 다른 하인처럼 나도 하인 노릇 할 테니 밥만 먹여 주게."

"뭐? 하인 노릇?"

추월이 깔깔 웃다가 춘풍을 흘겨보며 말했다.

"하인 노릇 하겠다는 사람이 말버릇이 그게 뭐야. 추월이라니, 아씨라고 해야지. 하네, 마네 그런 말도 하지 말고 높임말을 해야지. 내 집에서 하인 노릇 하려면 말버릇부터 바꿔야 해. 어디 말 바꿔 다시 해 봐."

춘풍이 고개를 주억거리며 얼른 말을 바꾼다.

"아, 예예. 추월 아씨. 소인을 하인으로
거둬 줍쇼. 그저 세끼 밥만 먹여 줍시오."

춘풍이 굽실거리니 추월이 입을 가리고
웃더니 다른 하인에게 말했다.

"일을 가르치게. 쉬운 일 말고 어려운 일만
골라 시키고."

그날부터 춘풍은 추월 집 하인이 되어 물 긷고 나무하고 마당
쓸고 온갖 일을 다 하게 되었다. 그러나 어디 해 본 일이어야지. 일
을 할 때마다 욕을 먹고 손은 터지고 어깨는 벗겨져 피가 났다. 그
렇다고 먹는 것은 잘 주나 하면 그렇지도 않았다. 깨진 헌 사발에
눌은밥을 국에 말아 숟가락도 없이 뜰아래 앉아 먹으라고 주었다.
눈물이 사발에 흐르니 같이 말아 먹는구나. 그렇게 하루 가고 이틀
가고 날이 지나가는데 옷이라고 새 옷을 주지도 않으니 더럽고 찢
어진 옷 사이로 찬 바람이 씽씽 들어온다.

춘풍이 추위를 피하려고 아궁이 앞에서 불씨를 헤집어 온기를
쬐는 날이었다. 왁자하니 떠들며 한 떼거리
한량들이 추월을 찾아왔다. 추월은 춘풍
을 처음 맞이할 때처럼 향내를 풍기
며 한량들을 맞는다.

방 안에서 칠현금 소리 '둥기

덩 둥기덩' 나고 추월이 고운 목소리로 권주가를 부른다. 권주가를 들으니 사랑이 넘치던 추월의 얼굴이 생각나며 춘풍은 울적하여 탄식 소리가 입 밖으로 흘러나왔다.

"연분홍 진달래 좋다 하나 가는 봄을 어이하며 향내 쫓아 나비는 날건만 지는 꽃을 어이하리. 고향을 생각하니 어여쁜 처자식은 죽었는가 살았는가. 이리 생각하니 가슴이 무너지고 저리 생각하니 간장이 녹아난다."

탄식을 하자니 마음이 더욱 서러운데 방 안에선 흥겨운 노랫소리가 낭자하다. 노래에 귀를 기울이다 춘풍이 고개를 주억거리고 혼잣말을 했다.

"그래 탄식하면 무엇 하리. 에라, 나도 전에 부르던 노래나 하나 불러 보자."

춘풍이 부지깽이를 두드리며 매화 타령을 불렀다.

인간이별 만사 중에

독수공방 상사난이란다

어야더야 어허야 어디어라

뭇매를 맞고도 매화란다

좋구나 좋아 그래도 매화로다

어야더야 어허야 어디어라

안방 건넌방 가로닫이 미닫이

사랑도 이별도 매화로다

어야더야 어허야 어디어라

잘들 놀아난다

춘풍이 노래를 부를수록 흥이 나서 나중엔 큰 소리로 불러 댔다. 그러자 방 안에서 춘풍의 노랫소리를 듣고 한 한량이 추월에게 말했다.

"이게 뭔 소린가. 웬 남자가 부엌에서 매화 타령을 부르는가."

"노래는 무슨 노래예요. 신세 한탄 우는 소리지요."

추월이 춘풍임을 알고 얼굴을 찌푸리는데 다른 한량이 말했다.

"목소릴 들어 보니 언젠가 한번 들어 본 소리일세. 자네 집에 묵던 서울 양반 이춘풍이 아닌가? 그 사람이 왜 부엌에서 노래를 부르나."

"허, 이 사람 아직 소식이 깜깜절벽일세. 이춘풍이 거지 되어 이 집에서 하인 산단 말이 온 평양성에 가득한데 몰랐단 말인가?"

"그래? 어허! 그 참 재미있네그려. 내 한번 같이 논 정이 있으니 음식이나 좀 주세."

한량이 새 음식을 마련해 주는 것이 아니었다. 작은 상 하나 내오라고 해서 음식을 덜어 놓는데 젓가락질 무수히 하던 식은 음식을 놓는 것이었다. 이 간 저 간 묻은 음식도 덜어 놓고 훌훌 먹던 국도 반 그릇 놓고 술이라곤 먹던 잔에 있던 술을 모아 한 병 담아 주는 것이었다.

하인이 부엌문을 열어젖히고 춘풍 앞에 상을 가져다 놓았다. 춘풍은 어떤 음식인지 몰라 눈이 휘둥그레졌다.

"허허허. 여보시게, 서울 양반. 요즘 잘 못 먹는다 하니 내가 옛 정을 생각해서 주는 음식이니 달게 드시게."

한량의 말에 춘풍이 감동하며 고개를 수없이 주억거리며 말했다.

"사람이 살다 보니 이런 운수 좋은 날도 있네그려. 선비님 복 많이 받으시오."

춘풍은 젓가락 숟가락 들 생각도 없이 두 손으로 음식을 휘몰아 먹고 술은 호리병 주둥이를 입에 대고 꿀꺽꿀꺽 마셨다. 그 꼴을 보고 추월은 배꼽을 잡고 한량들은 웃음을 터뜨리며 몸이 뒤로 넘어갔다.

　　　　　　　　　　　　　　●

　　　　　　"제가 남장을 하오리다."

　　　　　　　　"무어?"

"제게 비장 자리 하나 주시면 평양을 따라가오리다."

　　　　　　　　　　　　　●

춘풍 아내,
평양 감사 **회계 비장**이 되다

　이때 춘풍 아내는 날이면 날마다 뒤뜰에 정화수를 떠 놓고 빌고
또 빌었다.

　"먼 길 가신 우리 집 가장 운수 좋아 장사 잘되길 비옵니다. 몸
건강하길 비옵니다. 돈을 많이 벌지는 못해도 좋으니 손해나 나지
않게 해 주소서. 한 해가 다 지나가니 기쁜 소식 들려오길 빌고 또
비나이다."

　그러나 기원이 뒤쪽으로 맞았던가. 들려오는 소문은 흉하기 짝
이 없다.

　"서울 사람 이춘풍이 평양에 장사 가서 추월이에게 홀딱 벗기었
다더라."

라든가

　"상거지 된 이춘풍이 추월이 치마 밑에서 종살이하며 대궁밥*
으로 연명한다더라."

와 같은 소문뿐이었다. 춘풍 아내는 도리질하며 헛소문으로 치부
했다. 그러나 평양 다녀온 사람들이 하나같이 그렇게 말하니 춘풍
아내도 믿을 수밖에 없었다. 춘풍 아내 가슴을 두드리며 통곡을 터
뜨렸다.

　"날벼락, 날벼락 하더니 이것이 바로 날벼락이로구나. 이춘풍이
라 하는 양반은 어떻게 생겨 먹은 양반인가. 분칠한 기생 잡년에게
한 번 홀리기도 어렵거든 두 번씩이나 집안을 말아먹는가. 집안 재
산이나 잃었는가. 막중한 나랏돈까지 내어 썼으니 장차 이 일을 어
찌한단 말인가. 애고애고, 설운지고. 누구를 믿고 산단 말인가. 전
생에 무슨 죄로 여자가 되어 나서 가장 한번 잘못 만나 평생 고생
하는구나. 이내 팔자 이렇도록 되었는가. 내 몸 하나 세상에 살아
서 무엇 하리. 앞산에 올라가 물명주 긴 줄을 한 끝은 나무에 매고
한 끝은 내 목에 감아 대롱대롱 죽자꾸나. 남산 호랑이야, 내 몸을
물어다가 와드득 먹어 치워라. 뒷산 골짜기 귀신들아 어서어서 날
잡아가게. 애고애고, 서러워라."

---

* **대궁밥** 먹다가 그릇에 남긴 밥.

엎드려 울다 자빠져 울다 하던 춘풍 아내 나중엔 이를 바드득 갈았다.

"아니다. 내가 왜 그냥 죽어. 내가 죽어지면 추월이 년만 좋겠지. 평양에 달려가서 요년 머리채를 두 손에 갈라 잡고 가락가락 뜯기라도 해야지. 추월이 년 세간들도 다 부순 뒤 춘풍이 허리에 목을 매고 죽으리라."

독한 생각만 나는 중에 한참을 울고 났더니 이런 생각도 나는구나.

'하늘이 무너져도 솟아날 구멍이 있다 하지 않더냐. 죽을힘으로 살면 못할 일이 없다지. 이대로 죽지 말고 뭔가 살아날 방도를 찾아보자.'

춘풍 아내 울음을 멈추고 곰곰이 생각에 잠겼다. 그러던 중에 춘풍 아내는 바느질 솜씨를 무수히 칭찬하던 김 승지 댁 노부인이 생각났다.

김 승지는 소년 시절에 급제하여 한림, 옥당 좋은 벼슬 다 지내고 도승지를 하는데 작년부터 평양 감사 물망에 올랐다. 작년에 안 갔으니 올해는 평양 감사를 꼭 갈 거라는 소문이 자자했다. 그런데 승지 댁은 식구는 많은데 도승지 월급만 바라고 사니 늘 가난했다. 춘풍 아내가 바느질품을 얻으러 갔을 때도 노부인이 고깃국도 제대로 먹지 못해 안색이 초췌했다.

'그래. 도승지가 평양 감사가 되어 간다면 분명 좋은 방도가 있으리라.'

춘풍 아내가 이리 생각하고 다음 날, 빛깔 좋고 맛 좋은 음식을 마련하여 노부인을 찾아갔다. 춘풍 아내가 원래 음식 솜씨도 좋은지라 노부인의 입맛에 쪽쪽 맞았다. 날마다 한 번씩 음식을 차려 들어오니 노부인이 입이 떡 벌어졌다.

"이 은혜를 다 어찌 갚을꼬."

칭찬이 비처럼 쏟아진다.

"노부인께서 기력이 전만 같지 않아 뵈기에 조그만 정성을 드렸을 뿐이온데 무슨 은혜라 하십니까. 그런 말씀 마옵소서."

음식뿐 아니라 말 또한 예쁘기 그지없으니 노부인이 춘풍 아내 사랑하기를 둘도 없이 하더라. 하루는 도승지가 노부인께 문안을 드리고 나서 여쭈었다.

"요즘 어머님 얼굴에 화색이 가득하니 무슨 좋은 일이 있습니까?"

"허허. 그러한가. 내 아주 기특한 일을 겪고 있어. 앞집 사는 춘풍이 지어미가 좋은 음식을 매일 차려 오니 내가 기운이 절로 나네. 그 정성이 얼마나 갸륵한지 고맙고 또 고마워."

"오, 그러하십니까. 그런 일이 있었군요."

도승지도 춘풍 아내를 칭찬하며 마음에 담아 두었다.

그러던 차에 도승지가 평양 감사 되었다는 소문이 났다. 춘풍 아내 두 손뼉을 짱짱 마주치며 "옳다, 되었다." 소리쳤다. 춘풍 아내가 얼른 좋은 차담*을 마련하여 노부인을 찾아뵈었다.

"도승지 대감께서 이번에 평양 감사가 되셨다니 참말이오니까?"

"그렇다네."

"평양 감사는 너도나도 가려는 자리인데, 이런 경사가 또 있습니까. 경하드리옵니다."

"허허, 고맙네."

춘풍 아내 잠깐 사이를 두었다가 이렇게 물었다.

"평양은 언제 가시는지요. 평양이라면 저도 가 보고 싶은 곳이긴 합니다만."

"그래? 평양을 가고 싶어?"

"예. 저의 못난 서방이 평양에 장사하러 가서 해가 바뀌도록 소식 한 자 없습니다."

"음, 그런가."

노부인이 안타까운 얼굴로 이맛살을 찌푸렸다.

"사정이 무척 딱하기는 하다만 여자 몸으로 감사를 어찌 따라가

----

* **차담** 손님을 대접하기 위하여 내놓은 차와 과자 따위.

겠는가.”

춘풍 아내는 노부인 입에서 그 소리만 나오길 기다리고 있었다. 이미 준비해 둔 일이 있는지라 얼른 아뢰었다.

“제가 남장을 하오리다.”

“무어?”

“제게 비장 자리 하나 주시면 평양을 따라가오리다.”

지방 관찰사로 가는 감사는 비장을 여러 명 거느리고 가는 것이 관례였다. 비장은 감사가 믿을 만한 사람으로 선발해서 데리고 갈 수 있었다. 일종의 비서관인 셈이었다. 노부인이 듣고 보니 괜찮은 꾀라 고개를 끄덕였다.

“그럴듯하다만, 감사가 받아들일는지 모르겠구나.”

“감사께는 제 오라비를 비장으로 추천한다고 말씀드리면 되지 않겠습니까?”

“오라, 그런 방법이 있구나. 그럼 어떤 비장을 원하느냐?”

“제가 약간 계산을 잘하는 재주가 있사오니 회계 비장이 좋겠나이다.”

“오냐. 내 그리 말해 보마.”

노부인이 그날로 아들을 불러 춘풍 아내 말을 전했다. 도승지는 어머니 부탁을 첫마디에 허락했다.

“어머님 은혜도 갚는 일이니, 오라비 하나 비장 시키는 거야 뭐 어렵겠습니까. 어머님 뜻대로 하겠나이다."

춘풍 아내가 노부인 기별받고 춤을 추며 좋아하고 미리 준비해 둔 의복을 꺼내 남장을 한다. 외올망건 관자* 달아 맵시 있게 질끈 쓰고, 만호 같은 산호격자* 두 귀 밑에 겹쳐 달고, 방짜바지* 통행전*에 삼승버선 만석 당혜* 단단하게 매고 신고, 진주 항라 명주 창의* 몸에 맞게 지어 입고, 질 좋은 양가죽으로 만든 갖두루마기 걸치고, 보라색 거북이 등딱지로 만든 장패*는 허리에 차고, 아롱 진 무늬 대나무 쇄금선*을 손에 들고 나서니, 천하에 둘도 없는 미남자라.

미남자 된 춘풍 부인이 도승지 댁에 들어가서 노부인을 뵈오니 노부인 눈이 대접처럼 커진다.

"누, 누구요?"

* 외올망건은 실 한 가닥으로 뜬 망건이며, 관자는 망건에 다는 작은 고리이다. 망건은 상투를 튼 사람이 머리카락을 걷어 올려 흘러내리지 아니하도록 머리에 두르는 그물처럼 생긴 물건이다.
* **산호격자** 산호로 만든 격자. 격자는 대나무로 된 갓끈 사이사이에 꿴 둥근 구슬임.
* **방짜바지** 아주 좋은 맵시 나는 바지.
* **통행전** 바지를 입을 때 정강이에 감아 무릎 아래에 매는 물건.
* **만석 당혜** 바닥을 여러 겹으로 대서 만든 가죽신.
* **창의** 벼슬아치가 보통 때 입던 웃옷.
* **장패** 군관이나 비장들이 허리에 차던 패.
* **쇄금선** 아름다운 시나 글귀를 써넣은 부채.

"대부인마님, 놀라지 마옵소서. 춘풍 아내 되옵니다."

"오오. 그러한가. 차암 잘생긴 사내로세. 그래 평양을 가서 어찌할 텐가?"

"못난 지아비가 평양 기생 추월이한테 호조 돈 이천 냥과 집 돈 오백 냥을 몽땅 빼앗기고 지금은 그 집 머슴살이를 한다 하니 이런 절통한 일이 있습니까. 제가 내려가 추월이도 다스리고 집안 돈이야 어쩔 수 없다 해도 호조 돈이나 찾아다가 갚으려 하옵니다."

"네 생각대로 일이나 잘되면 좋겠구나."

그때 마침 도승지가 노부인을 뵈러 들어왔다. 그런데 웬 낯모르는 남자가 어머니 방에 있는 걸 보고 도승지가 깜짝 놀라 호령했다.

"네놈은 웬 놈이냐. 감히 대부인 방에 들어앉아 있다니."

"허, 혼내지 마시게. 며칠 전에 얘기한 춘풍이 아내 오라비일세."

"그렇습니까?"

도승지가 춘풍 아내를 찬찬히 살피고 나서 말했다.

"그 참 미남잘세. 수염이 없는 게 아쉽군."

그러자 춘풍 아내가 도승지 앞에 무릎을 꿇고 앉아 말했다.

"어찌 대감까지 속이리까. 저는 남자가 아니라 여자입니다."

춘풍 아내가 춘풍이 일을 낱낱이 알리고 비장이 되어 가서 하고 싶은 일까지 다 얘기하자 도승지가 고개를 끄덕였다.

"뭐, 네 소원이 그렇다면 따라와도 좋다. 다만 국법을 어기는 일이 있어서는 안 될 것이다. 내가 부를 이름이 있어야 하니 김양부라 하겠다. 알겠는가? 김 비장."

"네. 은혜가 백골난망이로소이다. 대감마님."

그리하여 춘풍 아내가 김양부, 김 비장이 되었다.

●

김 비장이 추월이 집을 찾아가니 춘풍이 대문을 열고 맞이한다.
제 아내건만 춘풍은 눈만 꿈쩍꿈쩍 알아보질 못한다.

●

춘풍 아내,
춘풍과 추월이를 만나다

평양 감사 행차가 가는 날이다. 비장들이 감사께 문안드리고 줄
지어 섰는데 여기저기서 수군거렸다.

"옥을 깎아 놓은 것 같군."

"하늘에서 갓 내려온 선관인가?"

"저 사람이 회계 비장이라지?"

"잘났네, 잘났어."

하나같이 김 비장 외모를 칭찬하는 소리였다. 그런 중에 이런
소리도 섞이기는 했다.

"기생오라비가 따로 없네. 남자가 우락부락한 맛이 있어야지.
저리 곱게 생겨선 뭐 하누."

그렇게 떠들썩하니 감사 행차가 서울을 떠났다. 감사는 백마를 타고 좌우에는 청총마*가 늘어서서 호위한다. 이방, 호방, 형방, 수배, 통인, 관노, 사령, 나장이까지 깃발을 높이 들고 내려간다.

남대문 썩 내달아 연주문은 얼른 지나고 무악재를 넘어가 작은 봉우리 큰 봉우리 첩첩한데 보이느니 절경이라. 감탄 소리 절로 난다. 중화에서 하룻밤 묵고 영계골 들어가니 평양 관청의 관속들이 몽땅 쏟아져 나와 신관 사또 행차를 맞이한다.

거창한 신관 부임 인파가 평양성으로 들어가는데 그게 참 볼 만했다. 종9품 초관들이 맨 앞에 서고 비장들이 다음에 서고 행차를 주관하는 집사가 그 뒤에 섰다. 정3품 장수인 천총과 종4품 장수 파총이 사또 양쪽에 늘어서 군사를 지휘하는데 깃발 또한 요란하다. 대장 청도기 한 쌍이 사또 양쪽에서 펄럭이고 동서남북으론 황백청홍기가 찬란하다.

소리가 없을쏘냐. 피리가 삘릴리 울자 삼현 육각 악기 소리가 산천을 뒤흔들고 "물렀거라!" "쉬이!" 내지르는 권마성*이 뒤섞이는 중에 징, 북, 바라, 나발, 호각 등 군악 소리가 진동한다. 그뿐인가. 평양성내 기생들 다 몰려나와 예쁘게 단장하고 "지화자, 좋

---

* **청총마** 갈기와 꼬리가 파르스름한 백마.
* **권마성** 말이나 가마가 지나갈 때 그 앞에서 목청을 길게 빼어 부르는 소리.

다, 얼씨구, 절씨구" 노는 소리 공중에 떴으니 이리 좋은 구경이 또 있을까.

행차가 숲속을 지나 대동강변에 이르렀다. 푸른 강 깊은 물은 유유히 흐르는데 이 배 저 배 배가 많이도 떴구나. 순풍에 돛 달고 나는 듯이 건너 대동문 들어서니 구경꾼이 구름 같다. 사또가 백성들을 좌우로 돌아보며 고개를 끄덕이니 백성들 환호 소리 하늘에 사무친다.

사또가 객사*에 알현*하고 선화당에 좌정했다. 집사가 포수를 불러 세 번을 쏘게 한 뒤 각방 관속과 크고 작은 군관 차례로 사또를 뵙고 차담상을 먹었다. 잠시 쉰 사또가 기생을 점고*하는데 백 명이 넘는 기생이 하나같이 어여쁘다. 기생이 하나하나 들어와 사또를 뵙는 중에

"가을밤 오동추야, 추월이 등대하오."

하는 소리가 났다. 사또야 추월이를 알 턱이 없어 그냥 무심히 바라보지만 회계 비장 김 비장 눈에는 불꽃이 튀었다.

기생 점고까지 끝난 뒤에 사또가 책방 비장, 이방 비장, 형방 비장, 공방 비장, 호방 비장, 회계 비장 등 모든 비장의 처소를 정해

---

* **객사** 임금을 상징하는 나무패를 모시고 공식 행사를 하던 곳.
* **알현** 지위가 높고 귀한 사람을 찾아가 뵘.
* **점고** 명부에 일일이 점을 찍어 가며 사람의 수를 조사함.

주라 분부했다. 아울러 막 점고 끝난 기생 가운데 한 명씩 골라 함께 밤을 지내도록 조처했다. 각 비장이 감사드리고 물러가는데 회계 비장이 홀로 기생 수청을 거절하자 사또가 회계 비장을 남으라 하고 말했다.

"김 비장은 어찌 마다하는가. 평양 하면 조선에서 미색으로 으뜸이라. 듣던 대로 이렇게 어여쁜 기생이 많건만 홀로 독수공방을 하려나?"

사또가 주변에 사람들이 있으니 은근히 농담을 하는 것을 알고 김 비장도 농담으로 받았다.

"소인은 스스로 다짐 둔 바가 있어 사오 년을 홀로 지냈더니 여색에는 뜻이 없나이다."

하고 여쭈니 사또야 그 속을 알지만 곁에 있던 다른 사람들이야 어찌 알리. 그저 잘생긴 남자가 여자에 뜻이 없다는 것을 아쉬워할 뿐이었다. 사또가 빙긋 웃으며 말했다.

"너무 홀로만 지내면 마음과 몸이 상할 수도 있으니 깊이 생각하라."

춘풍 아내 김 비장, 회계 비장이 사또께 큰절하고 숙소로 물러나왔다.

하루 이틀 사흘 날이 가는데 김 비장의 몸가짐이 단아하고 절제가 있어 보는 사람마다 칭송이 높았다. 몸가짐만 그런 것이 아니라 일 처리도 비상하였다. 전임 회계 비장이 함부로 운영하던 관청 장부를 정돈하니 삽시간에 수천 냥이 바로잡혔다. 사또가 더욱 사랑하여 김 비장이 하는 말이라면 팥으로 메주를 쑨다 해도 믿을 판이었다.

급한 일을 정리하고 여유가 생기자 김 비장이 사또에게 청했다.

"제가 못난 서방을 좀 찾아볼까 하나이다."

"어이쿠. 내가 바빠 네 사정을 못 살폈다. 미안하구나. 네가 청하기 전에 보내 줬어야 하는 것을. 어서어서 가 보거라."

사또가 백번 미안해하며 허락했다. 김 비장이 추월이 집을 찾아가니 춘풍이 대문을 열고 맞이한다. 제 아내건만 춘풍은 눈만 꿈쩍꿈쩍 알아보질 못한다. 요란하고 화려한 비장 차림을 해 놨으니 꿈엔들 생각했으랴.

춘풍이 꼴은 소문보다 심했다. 쑥대머리엔 새가 집을 짓겠고 수염은 덥수룩한데 얼굴은 언제 씻었는지 더러운 때가 덕지덕지 앉았다. 수십 년 같이 산 남편이 아니었다면 김 비장도 몰라볼 뻔했다. 얼마나 안 빨았는지 땟국물이 줄줄 흐르는 바지저고리는 온통 누덕누덕 기웠으니 지나가던 개가 오줌을 싸고 동네 아이들이 침 뱉으며 쫓을 만했다.

아무리 머슴을 산다 해도 어찌 이리 모질게 한단 말인가. 한때

는 비단 금침 같이 베고 속살거렸을 사람 아닌가. 춘풍이 밉기 짝이 없으나 추월이 행실을 생각하니 김 비장은 속에서 천불이 난다. 그러나 때가 아니다. 김 비장이 분한 마음을 겨우겨우 누르는데 추월이가 조르르 달려 나왔다.

"비장 나으리, 편안히 행차하시나이까."

온갖 아양과 교태를 떨며 김 비장을 방으로 맞아들인다. 상다리가 휘어지게 그릇마다 가득가득 차린 맛 좋은 음식이 들어왔다. 비장은 숟가락을 들어 몇 번 국물 맛만 보고 젓가락을 들어 잡채 몇 가닥 집어 먹은 뒤 말했다.

"이 집에 춘풍이란 못난 머슴이 있다지?"

"나으리도 소문을 들으셨군요. 하도 사정이 딱해서 밥을 먹여 주고 있습니다."

추월이 하는 말마다 밉다. 비장이 꾹 참고 "불러 보세." 하고 청했다. 춘풍이 비칠비칠 다가와 마루 아래 뜰에 섰다.

"옷 입은 것하며 얼굴 더러운 걸 보니 십 년은 빌어먹은 거지꼴이구나. 네가 본래 조상 대대로 거지더냐? 어찌 그리 더럽고 추하냐."

"소인이 거지는 아니옵고 서울에서 대대로 부자로 살았나이다. 지금은 이리되었으나 그 사정을 어찌 일일이 아뢰겠나이까."

더러운 거지꼴에 말은 뜻밖에 당당하다. 비장은 그 당당한 꼴이 더욱 미워 내지르듯 한마디 했다.

"내가 침 묻혀 먹던 음식이다만 주면 먹겠느냐?"

춘풍이 허리를 굽실하고 대답했다.

"나리님 잡수시던 음식을 소인같이 천한 놈에게 상째 물려 주시니 그 은혜가 태산과도 같나이다. 맛있게 먹겠습니다."

"아주 빌어먹기는 개보다 더하구나. 에잇, 밥맛 떨어졌다. 이 상을 저놈에게 물려 주라."

김 비장이 벌떡 일어나 마루를 내려가니 추월이 한편 따라가며 한편 춘풍을 노려보았다. 그러거나 말거나 춘풍은 맛난 음식을 게걸스레 먹느라 정신이 없었다.

다음 날, 김 비장이 사령들을 보내 춘풍을 잡아 올렸다. 형틀에 묶어 앉혀 놓으니 춘풍이 영문을 몰라 눈알을 데룽데룽 굴린다. 비장이 높이 앉아 소리쳤다.

"이놈, 네놈이 서울에서 내려온 이춘풍이렷다!"

"과연 그러하오이다. 춘풍이가 맞사옵니다만, 왜 이러시는지요."

"네놈이 아직 네 죄를 모르느냐. 너는 간이 배 밖으로 나온 놈이더냐. 막중한 나랏돈 호조 돈 이천 냥을 빌려 쓰고 해가 바뀌도록 한 푼도 상납*하지 않으니 호조에서 공문이 내려왔다. 공문에

* **상납** 윗사람에게 돈이나 물건을 바침.

이르기를 이춘풍이 곧바로 돈을 갚지 않으면 바로 잡아 죽이라 하였다. 네가 곤장 맞다가 죽을 테냐, 돈을 갚을 테냐."

그제야 춘풍이 걱정하던 나랏돈 동티*가 난 걸 알고 고개를 푹 숙였다. 춘풍이 쓰다 달다 대답이 없으니 비장이 화가 나서 호령했다.

"저놈을 매우 쳐라."

사령이 네이 외치며 곤장을 높이 들어 내려친다. 매 한 대에 옷이 찢어지고 두 대에 피가 맺히고 세 대에 살이 터져 핏물이 줄줄 흐른다. 춘풍이 신음 소리를 참아 보려고 입술을 깨무나 으흑, 으흑 소리가 이빨 사이로 삐져나온다. 비장이 그 꼴을 보니 속이 상한 중에도 불쌍한 마음이 들었다.

"잠깐 매를 멈춰라. 춘풍아, 말이나 해 보거라. 너 그 많은 돈을 다 어찌했느냐. 투전을 했느냐, 기생질을 했느냐. 쓴 데를 다 아뢰어라."

춘풍이 매는 멈췄으나 맞은 곳 뼈 마디마디가 쑤시고 아파 눈물을 줄줄 흘리며 우는 소리를 냈다. 엉엉 우는 소리를 섞어 가며 춘풍이 비장에게 아뢴다.

"소인이 평양이라고 내려와서 장사를 잘해 보려 했으나 미처 장

---

* **동티** 건드려서는 안 될 것을 공연히 건드려서 스스로 걱정이나 해를 입음.

사를 시작하기도 전에 추월이에게 홀렸나이다. 추월이와 일 년을 놀고 나니 가진 돈이 한 푼도 안 남아 이 지경이 되었습니다. 호조 돈을 갚자 해도 방법이 없으니 소인을 죽이거나 살리거나 나리님 마음대로 하소서.”

“그래, 막중한 나랏돈 호조 돈을 기생 추월이가 꿀꺽했단 말이지. 춘풍이 네놈이 가장 죽일 놈이로되, 추월이도 가만둘 수 없겠구나. 여봐라. 추월이를 잡아 올려라.”

“네이.”

사령 둘이 대답하고 물러나는데 걸음이 느리자 비장이 화가 나 소리쳤다.

“뭣 하느냐. 추월이 년을 바삐 잡아 오라. 만약 늦었다간 너희들이 중죄를 당하리라.”

사령 둘이 놀라 바람처럼 달려 나갔다. 순식간에 추월을 잡아와 춘풍이 옆에 형틀 놓고 묶어 놓았다.

“저년을 되게 쳐라. 매에 사정을 두었다간 너희들이 대신 맞으리라.”

열 대를 내리치니 추월이 아랫도리가 시뻘건 피로 낭자하다. 매를 멈추게 한 뒤 비장이 물었다.

“네 이년. 네 죄를 알겠느냐?”

추월이 이빨을 뽀드득 갈며 비장을 쏘아보며 대답했다.

"불문곡직 무릎을 부수는데 소녀가 죄를 어찌 알겠나이까. 비장이면 무고한 백성을 이렇듯 험하게 다뤄도 되는 것이오니까. 애고 애고, 서러워라."

"이년이 아직도 죄를 모르는구나. 더 쳐라."

다섯 대를 더 치니 추월이 고개가 앞으로 푹 꺾였다.

"물을 끼얹어라."

사령들이 찬물을 들어다 머리에 쏟으니 추월이가 고개를 들고 정신을 차렸다.

"아직도 모르겠느냐. 네가 먹은 춘풍이 돈 이천오백 냥에 막중 나랏돈 이천 냥이 섞였느니라. 해가 바뀌도록 나랏돈을 갚지 않으니 이춘풍이를 잡아 죽이라는 명령이 내려왔다. 이춘풍이 죽는 거야 어쩔 수 없다 해도 나랏돈을 어찌할 테냐? 본관이 물어 주랴? 백성에게 세금 걷어 내랴?"

"소녀는 춘풍이 밥 먹고 잠잔 값을 받았을 뿐입니다."

"오냐, 네 말 잘했다. 춘풍이 일 년 동안 밥 먹고 술 먹었다 해도 오백 냥이면 뒤집어쓰고 남는다. 나머지야 네가 온갖 아양을 떨어 후려낸 것이 아니더냐."

"자기가 좋아서 주는 걸 마다합니까. 소녀는 아무 죄 없습니다."

추월이 바락바락 대들자 비장은 분이 꼭두까지 났다.*

"안 되겠다. 춘풍이보다 너를 먼저 죽이리라! 저년을 죽을 때까지 쳐라."

명받은 사령들이 두 눈을 부릅뜨고 형장을 높이 들어 좌우에서 내리친다. 마른하늘에 벼락이 치듯 번쩍거리는 형장 열 대에 추월이 드디어 겁이 났다. 이대로 계속 맞다간 정말 죽겠다는 생각이 드니 돈이고 뭐고 다 필요 없다.

"내 돈 바치겠소. 형장을 멈추시오."

울며 외치니 비장이 들고 매를 멈추라 일렀다.

"오냐. 이제야 국법이 지엄한 줄 알겠느냐."

"네네. 소녀가 과연 잘못했나이다. 나랏돈 이천 냥을 고이 내놓겠나이다."

"무어라? 이천 냥만 바친다고?"

비장이 되묻는 말에 추월이 영문을 몰라 쳐다본다.

"춘풍이는 물론 나랏돈을 꿀꺽한 네년도 사정 두지 말고 죽이라 하였거늘 내가 인정을 걸어 살려 주려 하노라. 그러자면 나랏돈에 이자가 없어서야 되겠느냐. 달마다 이자를 물어 이천 냥을 더 놓거라. 그리하면 살아날 방도가 있으리라."

추월이 너무 기가 막혀 말도 못 하고 잠잠하니 비장의 호령이

* **분이 꼭두까지 나다** 분한 마음이 몹시 일어나다.

추상같다.

"돈 아끼다 죽겠느냐. 바삐 다짐하거라."

"사천 냥 돈을 마련하려면 십 일은 말미를 주셔야겠소."

추월이 겨우 대답하니 비장이 고개를 끄덕이고 빙긋 웃었다. 비장이 사령들을 돌아보며 말했다.

"추월이를 풀어 주라. 다짐 쓰게 지필묵 대령하라."

추월이 십 일 뒤 사천 냥을 갚기로 자필로 쓰고 지장을 찍어 바친 뒤 사령 등에 업혀 집으로 돌아갔다. 춘풍이를 가만히 내려다보던 비장이 말했다.

"이춘풍이는 옥에 가둬라."

그날 밤 옥에 찾아간 김 비장이 춘풍이를 불렀다. 옥에 늘어져 누웠던 춘풍이 창살을 잡고 앉았다.

"너는 열흘만 옥에 있거라. 내가 사또께 말해 열흘 뒤 너를 놓아주라 할 것이다. 물론 사또께옵서 추월이가 바치는 돈도 받아 주실 것이니 그 돈을 받는 즉시 서울로 올라오너라. 서울 오거든 사또 댁에 여쭈어 내 집을 찾아 문안하라. 알겠느냐?"

춘풍이 아픈 몸을 뒤척여 무릎을 꿇고 고개를 수없이 주억거렸다.

"나리님 은혜는 죽어 해골이 되어도 잊을 수 없겠나이다. 죽을 몸을 살려 주시고 나랏돈도 갚게 하시니 머리카락을 잘라 신을 삼아 드려도 은덕을 갚을 수 없습니다. 시키신 대로 하겠나이다.”

"오냐. 실수 없이 잘 처리하라."

비장이 한 번 더 당부하고 옥을 떠났다.

●

'이 꼴을 보면 누가 안 웃을까. 하는 행실이 저러니 어디 간들 사람 구실을
제대로 하겠나. 이참에 아주 집에 들여앉혀 가르치고 또 가르쳐야겠다.
골백번 가르치면 조금이나마 바꾸지 않겠는가.'

●

춘풍이, 서울 자기 집에서 회계 비장을 만나다

춘풍 아내 김 비장이 사또를 뵙고 사정을 낱낱이 아뢰자 사또가 잠시 가만히 있다가 말했다.

"추월이가 억울하다 하지 않겠느냐."

"한편 억울한 마음도 있겠지요. 그러나 춘풍이뿐 아니라 수많은 사내들을 홀려서 치부*하는 짓은 옳지 못합니다. 한번은 징치*하여 본때를 보일 필요가 있습니다."

"네 말도 그르지는 않구나. 알겠다. 그럼 그리하도록 하라."

---

* **치부** 재물을 모아 부자가 됨.
* **징치** 징계하여 다스림.

"사또께서 흔쾌히 허락하시니 한 가지 청이 더 있습니다."

"말해 보라."

"제가 내일로 서울에 돌아가려 하나이다."

"아니, 그럼 뒷일은 어찌하란 말이냐."

"추월이가 분명 순순히 돈을 바치지 않을 줄 아옵니다. 그때 사또께옵서 한번 호령을 해 주시면 꼼짝없이 바칠 것입니다. 추월이가 가져온 돈을 옥에 있는 춘풍이에게 들려 서울로 보내 주십시오. 그 뒤는 제가 다 알아서 하오리다."

"그거야 뭐 어렵겠느냐. 그리하도록 하마. 다만 네가 서울로 돌아가는 것이 아쉽구나."

"사또께 큰 은혜를 입었습니다."

김 비장이 일어서서 큰절하며 감사했다. 아침에 춘풍 아내는 조용히 서울로 돌아갔다.

역시 추월이는 돈을 내놓기는커녕 이를 뽀득뽀득 갈면서 원수 갚을 생각만 하고 있었다. 사흘 나흘 닷새가 지나도록 특별한 꾀가 생각나지 않아 괴로워하는데 형방 비장이 군관 둘을 데리고 찾아왔다. 하인이 알리는 소리에 추월이 눈꼬리가 올라갔다.

"우리 집이 비장 단골집인가. 이 비장 저 비장 많이도 온다. 애고, 그놈의 비장이라면 치가 떨린다."

그렇다고 안 나가 볼 수도 없다. 추월이 겨우 몸을 일으켜 비틀거리며 나오는데 군관을 거느리고 선 형방 비장이 호랑이 눈을 부라리며 말한다.

"추월아, 돈은 잘 마련되고 있느냐."

"나으리, 사천 냥이 뭐 지나가는 개새끼 이름이오. 덥석 안아다 주면 되게."

"이년, 감히 내 말을 희롱하느냐. 나는 사또 명을 받아 나온 몸이다. 사또께옵서 열흘 날짜에 틀림없이 돈을 바치라고 한 번 더 다짐 두랍신다."

"뭐요? 사또?"

추월이 엉덩방아를 찧고 앉았다. 형방 비장은 한 번 더 호령하고 돌아갔다.

"애고애고, 금쪽같은 내 돈 사천 냥을 꼼짝없이 뺐겼구나. 사또 명이라면 어찌 거역하리. 애고애고. 내 신세야. 어째 돈이 쉽게 술술 굴러 들어오더라."

추월이 그날부터 이 패물도 팔고 저 패물도 팔고 곳간에 쌓아 둔 쌀 이백 석도 내다 팔아 돈을 만들어 바쳤다. 사또가 춘풍 아내와 약조한 대로 돈을 춘풍이에게 주어 서울로 가게 했다.

새 옷 입고 말 타고 나귀 두 마리에 돈도 가득 실었겠다. 춘풍은 기세 좋게 서울로 내달았다. 씩씩하게 집안에 들어서니 아내가 버선발로 달려왔다.

"아이고, 서방님. 어찌 이리 더디 오십니까. 그래 먼 길에 평안히 오십니까. 장사에 고생은 안 했으며 돈을 잃지는 않았나요."

"허허, 이 사람. 사내대장부가 오랜만에 집에 오는데 거참 수다스럽군. 그래, 그동안 잘 있었는가."

춘풍이 거드름을 한껏 피우며 잘난 체를 한다.

"이 나귀를 보게. 한 마리가 두 마리 되지 않았나. 내가 장사를 잘해 돈을 두 배로 늘려 왔네."

춘풍 아내 속으로 혼자 웃고 춘풍이 손을 잡아끌어 방으로 들어갔다.

"먼 길에 피곤하실 터이니 잠시만 앉아 계시면 진짓상을 차려 올리리다."

"그리하오."

춘풍이 의기양양 베개를 베고 비스듬히 누웠다. 춘풍 아내가 상을 들여오는데 원래 솜씨가 좋은 데다 정성을 들인 음식이니 입에 달겠건만 춘풍이 놈 하는 짓을 봐라. 콧살을 찡그리며 입맛도 쩝쩝 다시며 젓가락으로 이 음식 저 음식 뒤적거리다가 하는 말이 이러했다.

"이 꿩 다리 보게. 덜 구워졌네. 고등어자반도 기름이 적어 텁텁해. 쇠고기는 양념을 어찌했는지 이리 싱거운가. 평양으로 도로 갈까 보다. 나랏돈만 아니었으면 올라오지 않을걸. 내일 호조 돈

바치고 나면 내 평양으로 다시 가려네. 내일 평양 갈 때 자네도 따라오면 평양 음식 맛 좀 보여 주지."

온갖 교만을 다 떤다.

"맛없으면 먹지 마소."

춘풍 아내가 보다 못하여 상을 들고 나왔다. 춘풍은 피곤한지 곧 낮잠이 들었다. 춘풍 아내가 그동안 회계 비장 옷으로 갈아입고 춘풍이 잠 깨기를 기다렸다. 춘풍이 늘어지게 자고 일어나 아내를 찾았다.

"여보, 어디 있나. 시장하니 밥 좀 먹세."

산해진미 점심을 타박하여 물린 뒤 잠을 자고 났으니 어이 배가 안 고프리. 밥 달라고 아내를 부르는데 덜컥 방문이 열리며 뜻밖의 사람이 쑥 들어섰다. 춘풍이 놀라 쳐다보니 바로 평양 감영 회계 비장이다. 춘풍이 대번에 무릎을 꿇고 앉았다.

"어인 행차십니까. 제가 날이 밝는 대로 찾아뵈려 했습니다만."

"허허, 자네가 점심께 서울 왔다는 소문이 쟁쟁한데 통 찾아오질 않기에 내가 대신 왔네."

춘풍은 참 이상한 일도 다 있다고 속으로 생각한다. 아무도 몰래 조용히 서울을 왔으니 소문이 날 리가 없건만, 비장이 눈앞에 떡 서서 소문을 들었다니 안 믿을 수도 없다.

"과연 점심때 왔나이다. 나으리 댁에 먼저 가야 도리인데 송구

합니다."

"되었다. 이왕 이리되었으니 탓해 무엇 하겠느냐. 지금 저녁때라 내가 배가 고프구나. 어디 요기할 만한 게 없겠느냐?"

"왜 없겠습니까."

춘풍이 대답하고 득달같이 밖으로 나가 아내를 찾았다. 이 방도 열어 보고 저 방도 열어 보고 부엌에도 들어가고 헛간에도 가 봤으나 종적이 묘연하다.

"이 사람이 어딜 갔나?"

춘풍이 터덜터덜 걸어오는데 비장이 마루에 섰다가 말했다.

"아내가 없는 모양이로구나. 그럼 네가 흰죽이나 쑤어 봐라. 내가 웬일인지 죽이 먹고 싶구나."

"네네."

춘풍이 얼른 부엌으로 들어가 쌀독을 찾아 쌀을 퍼냈다. 쌀을 씻어 안치고 불을 때는데 연기가 매워 콜록콜록한다. 그 꼴을 지긋이 보고 있으니 춘풍 아내 절로 웃음이 난다. 춘풍 아내가 짐짓 호령조로 부엌에 소리쳤다.

"어허. 어찌 이리 더딘고."

"네네. 다 되 갑니다. 조금만 더 기다려 줍시오."

"오냐. 기다리긴 더 기다린다만 내가 아주 시장하니 죽을 큰 사발에 가득 담아 다오."

"네."

이윽고 춘풍이 죽 상을 들고 왔다. 찬장에 있는 가장 큰 사발에 죽을 가득 담아 놓고 간장 한 종지에 김치도 한 접시 담아 왔다. 비장이 죽 상을 받고 앉아 한 숟가락 떠 입에 넣더니 말한다.

"쌀이 덜 풀렸구나. 내가 아무리 시장해도 이 죽은 못 먹겠다. 너나 먹어라."

상을 춘풍 앞으로 민다. 이런 낭패가 있나. 춘풍이 어이 죽을 먹고 싶으랴. 자기 앞에 놓인 죽 상을 물끄러미 내려다보고 앉았는데 비장이 딱딱하게 말했다.

"왜? 먹기 싫으냐? 네가 평양서 추월이 집 머슴을 살 때를 생각해 봐라. 깨진 헌 사발에 밥과 반찬을 넣고 찬물을 부어 숟가락도 없이 먹지 않았더냐. 때로는 한량들이 침 섞어 먹다 남긴 대궁밥도 달게 먹어 놓고 이 정갈한 죽도 먹기 싫단 말이냐?"

"아니옵니다. 아니옵니다. 먹겠습니다."

"오냐. 힘들던 때를 생각하고 남김없이 다 먹도록 하라."

춘풍이 죽을 먹는다. 아내가 차려 준 산해진미 상을 타박하고 자기가 끓인 선 죽을 먹는다. 덜 풀린 쌀이 또각또각 씹힌다. 간장을 뿌려도 맛이 없고 김치를 같이 먹어도 밋밋하기만 하다. 그러나 어찌하랴. 비장이 두 눈을 부릅뜨고 지켜보고 있으니 자꾸자꾸 떠 먹을밖에. 무엇보다 아내가 들어올까 창피하다. 난데없이 죽을 떠

먹는 남편을 보고 아내가 뭐라 할 것인가. 아내가 오기 전에 다 먹어 치우려고 얼른얼른 먹는다. 그런 춘풍을 보면서 춘풍 아내 속으로 고소해한다.

'이 꼴을 보면 누가 안 웃을까. 하는 행실이 저러니 어디 간들 사람 구실을 제대로 하겠나. 이참에 아주 집에 들여앉혀 가르치고 또 가르쳐야겠다. 골백번 가르치면 조금이나마 바꾸지 않겠는가. 그나저나 더 속이고 앉았으려니 웃음이 나와 못 참겠다. 참으로 혼자 보기 아까운 광경이로다.'

춘풍 아내가 비장 겉옷을 벗자 속에 입은 치마저고리가 나왔다. 춘풍은 그것도 모르고 고개를 숙인 채 아구아구 죽을 퍼먹고 있다. 춘풍 아내가 비장 옷을 손에 들고 큰 소리로 불렀다.

"이 멍청아!"

춘풍이 정말 멍청한 눈으로 아내를 올려다보았다. 눈동자가 점점 커졌다.

"안목이 그다지도 없느냐."

"그, 그, 이거, 참."

춘풍이 말도 되지 않는 소리를 중얼거리자 춘풍 아내가 앉으며 춘풍 어깨를 밀었다.

"사람이 이렇게 눈이 흐리멍덩하니 제 아내가 평양 가서 매를 때려도 모르지."

"허허. 참 모르긴 왜 몰라. 진작 알았으나 내가 가만있어야 일이 되겠기에 그랬지."

"그놈의 넉살은."

"자네인 줄 알고 얼마나 끌어안고 싶은 걸 참았는지 아는가. 이제 우리 둘밖에 없으니 어디 안고 노세."

춘풍이 달려들어 담뿍 안으니 춘풍 아내도 싫지 않아 가만히 있었다. 미우나 고우나 내 서방이니 가르쳐 살아 보자고 다짐하는 춘풍 아내였다. 한 해 만에 만난 부부는 원앙금침 펼치고 덮고 꿈이 고소하다.

하룻밤을 아주 달게 자고 나서 호조 돈은 갖다 바치고 남은 돈으로 전답도 마련하여 알뜰하게 살림하니 그럭저럭 의식이 풍족했다. 춘풍이 못된 버릇을 아주 고쳤던가. 그거야 어이 알리.

이
춘
풍
전

물음표로
따라가는
인문학 교실

고전으로 인문학 하기

고전을 읽으며 생겨나는 여러 질문에 답하며,
배경지식을 얻고 인문학적 감수성을 키워요.

고전으로 토론하기

고전을 다양한 시각으로 바라보며,
다르게 생각하는 힘을 길러요.

고전과 함께 읽기

함께 소개하는 다양한 작품을 통해,
인문학적 사고의 폭을 넓혀요.

고전으로 인문학 하기

● 《이춘풍전》은 어떤 소설일까?

　　《이춘풍전》은 조선 시대 말기에 쓰인 판소리계 소설이에요. 판
소리계 소설이란, 판소리로 불리거나 마당극으로 공연되던 이야기
가 소설로 만들어진 것이죠. 그런데 《이춘풍전》은 판소리로 불리
지 않았어요. 다만 구성 방식이나 표현, 문체 등에서 판소리적 성
격이 강하여 판소리계 소설이라고 불린답니다. 그래서 《이춘풍전》
에는 판소리계 소설의 특징인 해학과 풍자가 두드러지게 나타나고
있지요.

　　해학과 풍자는 둘 다 웃음을 불러일으킨다는 공통점이 있어요.

하지만 해학이 비판 없이 현실을
우스꽝스럽게 드러내기에 인물
에 대한 동정이나 연민 등이 느
껴지는 웃음이라면, 풍자는 부
정적인 상황이나 인물에 대한
비판을 목적으로 하기에 '비판
적 웃음'이라고 할 수 있지요.

풍자는 대개 부패한 양반이나 관리, 부조리한 사회나 제도를 비판
할 때 많이 쓰여요. 쉽게 생각해서 풍자는 못된 놀부를 묘사할 때,
해학은 불쌍한 흥부를 묘사할 때 쓰인다고 보면 된답니다.

《이춘풍전》에도 여러 가지 해학 요소가 나와요. 남장한 부인에
게 매를 맞는 남편, 아내가 자기를 구한 비장인지도 모르고 거들먹
거리는 이춘풍 등이 대표적이지요.

풍자도 빼놓을 수 없는데요. 《이춘풍전》의 풍자 요소는 두말할
것 없이 남성 중심의 사회에 대한 비판이에요. 무능하고 방탕한 남
편 때문에 무너진 가정을 슬기롭고 유능한 아내가 다시 세운다는
이야기 전개는 남성 중심의 사회를 비판하고 여성의 능력이 남성
에 뒤지지 않는다는 것을 보여 주지요.

또 춘풍이 돈이 있을 때는 지극정성으로 모시다가 돈이 다 떨어
지자 하인으로 대하는 기생 추월의 모습에서 신의와 인정이 메마

른 각박한 사회를 비판한다는 것도 엿볼 수 있어요.

《이춘풍전》은 대표적인 '우부현처(愚夫賢妻)형' 소설이기도 해요. '어리석은 남편과 현명한 아내'라는 구성인데, 우리 옛이야기에 '바보 사위' 이야기로 많이 등장해요. 특히 바보 온달과 평강 공주 이야기는 너무나 유명하지요. 나무나 하고 숯이나 구워 먹고살던 바보 온달이 현명한 데다 무려 신분이 어마어마한 평강 공주를 만나 훌륭한 장군으로 거듭나는 이야기 말이에요. 이런 구성은 극적인 요소를 가지고 있기 때문에 독자들을 끌어들이는 힘이 강하답니다.

또한 《이춘풍전》은 조선 후기에 쓰여진 작품이라서 근대로 넘어가려는 당시 시대 상황을 잘 반영하고 있어요. 시대 상황의 반영은 조선 후기 소설들이 갖고 있는 공통점이기도 하지요. 조선 후기는 기존의 신분제가 흔들리면서 그동안 핍박받던 계층이 자신의 자리를 찾기 시작하던 시기예요. 인간 대접을 제대로 받지 못한 계층은 주로 노비, 여성, 어린이이지요.

문학은 아픈 사람 편에 섭니다. 춘풍 아내는 춘풍이 갖고 있던 수많은 재산에 대해 아무런 권리조차 없었어요. 춘풍이 재산을 다 없애고 나서야 겨우 이런 각서를 받아 내지요.

임자년 사월 십칠일. 춘풍은 아내 김씨 앞에서 수기를 쓰노라.
그동안 김씨 말을 듣지 않고 재산 수만금을 방탕하게 다 써 버린 잘못이 있었다. 이제 지난 잘못을 깨닫고 깊이 반성하며 다음과 같이 약속한다.

첫째, 오늘 이후로 집안 모든 일은 김씨에게 맡긴다.

둘째, 김씨가 재산을 모아 수만금이 되더라도 재물은 오로지 김씨가 관리한다.

셋째, 가장 이춘풍은 돈 한 푼 곡식 한 홉도 마음대로 처리하지 못한다.

넷째, 또 술을 취하게 먹거나 기생질을 하는 병폐가 있으면 이 수기를 증거로 관가에 소송하여 곤장의 벌을 받기로 맹서한다.

이 수기를 쓴 사람은 가장 이춘풍이다.   • 21~23쪽 중에서

물론 각서를 쓰고도 이춘풍은 각서를 지키지 않아요. 춘풍 아내가 재산을 잘 관리해서 돈을 모으자 그걸 몽땅 들고 평양으로 가 버리지요. 그리고 기생 추월을 만나 돈을 홀랑 날리고 기생집 하인이 되어 살아요. 춘풍 아내는 여러 가지 계책으로 돈을 되찾고 춘풍을 새사람으로 거듭나게 하지만, 그 과정은 만만치 않아요. 이는 오랜 세월 핍박받던 계층이 남성이나 양반과 비슷한 지위에 서기 위해 얼마나 힘든 과정을 거쳐야 하는지를 잘 보여 준답니다. 조선 후기 소설들은 이런 핍박받던 계층을 주인공으로 내세워 새 세상에 대한 바람을 꾸준히 담아내고 있어요. 이것이 바로 문학의 힘이기도 하지요.

● 춘풍 아내는 왜 이름이 없을까?

박씨 부인   춘풍 아내

춘풍 아내는 이름이 없습니다. '춘풍 아내' 또는 '아내 김씨'로 불리고, 남장을 했을 때는 '회계 비장', '김 비장' 또는 평양 감사가 임시로 지어 준 이름 '김양부'라 불리지요. 조선 후기 고전 소설에 등장하는 여주인공들은 대부분 이름을 가져요. 심청, 춘향, 운영, 숙향, 옥단춘 등 이름이 정확하게 불리지요.

그런데 《박씨전》의 박씨 부인과 《이춘풍전》의 춘풍 아내는 이름이 없어요. 《박씨전》의 남편인 이시백과 《이춘풍전》의 남편인 이춘풍을 압도하는 아내이자 여주인공인데도 말이죠. 왜 그럴까요?

그 이유를 두 가지 정도로 생각해 볼 수 있어요. 하나는 여주인공이 실존 인물을 대상으로 한 것이 아니라 순전히 꾸며 낸 가상 인물일 경우예요. 두 번째는 이야기에 여주인공이 압도적인 역할을 하더라도 결국 주인공을 남자로 설정했을 때입니다.

먼저 첫 번째 이유부터 살펴보죠. 박씨의 남편 이시백은 실존 인물이에요. 1636년에 청나라가 쳐들어온 병자호란이 일어나서 인조가 남한산성으로 피신했을 때, 남한산성의 수비 대장을 맡았던 인물이지요. 반면 이시백 부인으로 나오는 박씨는 가상 인물이에요. 《이춘풍전》의 춘풍 아내 역시 가상 인물입니다. 이춘풍도 물론 가상 인물이지만, 당시에 모델이 될 만한 남자들은 즐비했어요.

두 번째, 남자를 중심으로 이야기를 펼쳐 가는 것으로 설정했을 때입니다. 《박씨전》 같은 경우 박씨는 엄청난 도술을 지녔음에도 크게 펼치지 못해요. 남편 이시백을 통해서 자신의 힘을 드러내려고 하지요. 박씨가 자꾸만 이시백 뒤로 물러나려 하는 것은 《박씨전》의 한계예요. 강력한 힘을 지녔는데도 남편의 품 안에서 살려는 태도를 보이니까요.

《이춘풍전》도 다르지 않아요. 춘풍 아내는 부지런하고 현명하며 배짱 또한 보통 남자를 넘어서지요. 그에 비하면 춘풍은 참으로 보잘것없어요. 그런데도 여전히 춘풍을 가장으로 받들고, 고쳐서 함께 잘살고자 노력해요. 이렇게 남자의 조력자 역할을 맡는다면 굳이 이름을 가질 필요가 없는 것이죠.

그렇다고 이 부분을 너무 부정적으로 볼 필요는 없습니다. 우리 민간 신화에 등장하는 여신들도 이름이 없는 경우가 많으니까요. 도랑선비 아내 청정각시, 황우양씨 아내 막막부인, 궁상이 아내 명월각시가 그들이에요.

도랑선비는 청정각시와 결혼을 하고 곧바로 죽어 버려요. 청정 각시는 도랑선비를 되찾기 위해 온갖 시련을 겪지요. 나중엔 자기 목숨까지 바치고서야 도랑선비를 만나고, 이들은 죽은 이들을 저 승길로 인도하는 신이 되어요.

황우양씨와 막막부인은 사람들의 집을 지켜 주는 신이에요. 황 우양씨는 집을 지키는 성주신, 막막부인은 집터를 지키는 터주신 이지요. 황우양씨가 하늘나라 옥황상제의 궁궐을 지으러 간 사이 소진랑이 나타나 막막부인을 끌어가는데, 막막부인은 지혜롭게 시 련을 견뎌 내고 황우양씨를 다시 만납니다.

청정각시나 막막부인은 둘 다 여신이지만 그저 각시, 부인 등으 로 불려요. 그렇다고 이들 여신이 지니고 있는 지혜와 힘이 줄어드 는 건 아니랍니다. 춘풍의 아내가 이름이 없다고 해서 업신여김을 당하지 않는 것처럼 말이죠.

궁상이와 명월각시는 해와 달을 지키는 일월신인데, 이들의 이 야기는 3교시 '고전과 함께 읽기'에서 자세히 살펴보도록 할게요.

● 이춘풍은 구해 줄 만한 가치가 있을까?

이춘풍은 어떤 인물입니까? 정말 구제 불능으로 보이지요. 부 모가 물려준 그 많은 재산을 유흥비로 다 써 버려요. 돈이 떨어지자 남은 건 괄시뿐이죠. 입안에 혀
처럼 굴던 기생들에게 내쫓기자 그
제야 아내가 눈에 보여요. 이제
비빌 언덕이라곤 아내밖에 없
으니까요.

　각서를 쓰고 아내 품에서
살다 보니 다시 못된 버릇이
슬금슬금 살아나요. 집안에
돈이 조금 모이고 호조에 친구가 있어 돈을 빌릴 수 있게 되자 큰
소리를 치지요. 평양 가서 큰돈을 벌어 오겠다고 말이에요. 하지만
타고난 본성이 어딜 가겠어요. 평양 기생 추월이에게 돈을 다 바치
고 그 집 하인 노릇 하며 입에 풀칠을 하고 살지요. 인간도 이런 개
차반이 없어요.

　그래도 춘풍 아내는 남편이랍시고 찾아가요. 추월이를 벌주고
돈도 되찾아 돌아오지요. 그런데 아내 힘으로 겨우 돌아왔으면서
거들먹거리는 춘풍이 꼴을 보세요. 두 번씩이나 재산을 다 날리고
도 변화의 기미가 보이지 않지요. 이런 인물을 어떻게든 변화시켜
보겠다는 춘풍 아내의 정성이 눈물겨워요. 과연 이춘풍은 구해 줄
만한 가치가 있는 인물일까요?

　동양 고전인 《맹자》에 이런 말이 있습니다.

"하늘이 장차 큰 임무를 맡기려고 할 때엔 먼저 그 사람의 몸과 마음을 힘들게 한다. 뼈와 살을 굶주리게 하고, 하는 일마다 그릇되게 하여 단련을 시킨다. 마침내 할 수 없었던 일도 할 수 있게 된 다음에야 임무를 맡긴다."

두 번이나 재산을 다 날리게 만든 건 이춘풍에게 큰 임무를 맡기려는 것일까요? 《이춘풍전》의 끝을 보면 특별한 일은 없어요. 이춘풍이 '그럭저럭 의식이 풍족'하게 사는 걸로 끝납니다. 《맹자》에 따르면, 이춘풍이 나라를 구하는 일이라도 해야 될 텐데요. 아니, 나라는 못 구하더라도 뭔가 훌륭한 일을 한 가지라도 해야 할 것 같아요. 하다못해 예술가가 되어 작품이라도 하나 남겨야 하지 않을까요? 그래야 춘풍 아내의 시련에 조금이라도 보답이 될 텐데요. 하지만 글 속에는 아무것도 없습니다. 상당히 맥이 빠지는 결말로 보여요.

그런데 말입니다. 가만 생각해 보면 이춘풍을 왜 주인공으로 내세우고 이런 결말을 지었는지 이해가 되는 부분도 있어요. '세 살 버릇 여든까지 간다.'라는 속담이 있지요. 사람이 변하면 죽는다는 말도 있고요. 이런 말들은 다 타고난 본성을 바꾸기가 참으로 어렵다는 걸 알려 주어요.

이춘풍은 '유흥을 즐기며 재산을 다 없애는 본성'을 타고났어요. 어찌하겠어요. 그렇게 타고난 것을. 이춘풍은 두 번 큰일을 겪고 나서야 비로소 아내와 함께 화목하게 살아가지요. 물론 '춘풍이 못된 버릇을 아주 고쳤던가. 그거야 어이 알리.'라는 마지막 문장처럼 이춘풍이 완전히 새사람으로 바뀐 것은 아닐 거예요. 그래도 너무나 바꾸기 어려운 못된 본성을 조금이나마 고치려고 하지 않았을까요? 그렇게 보면 춘풍의 아내보다 이춘풍이 더욱 괴로울지도 몰라요. 타고난 본성을 어찌지 못해 후회로 밤낮을 새워야 하니 말이지요.

그런데 대부분의 사람들이 이춘풍처럼 자신의 잘못된 습관이나 버릇을 고치려 하지만 쉽지 않아 괴로워해요. 그런 우리의 모습을 이춘풍의 극단적인 행동을 통해 그려 낸 것일 수 있어요. 그런 면에서 이춘풍은 구해 줄 만한 가치가 있는 게 아닐까요?

고전으로 토론하기

● 춘풍 아내가 한 행동은 정당한가?

생각 주제 열기

춘풍 아내는 추월에게 돈을 빼앗기고 머슴을 사는 남편과 돈을 되찾기 위해 계획을 짭니다. 도승지가 평양 감사가 될 거라는 소문을 듣고 도승지 어머니에게 음식을 해 가지요. 이 음식은 비장이 되기 위한 뇌물로 봐야 하지 않을까요? 음식을 해다 바치면서 노부인의 마음에 든 뒤에 비장 자리를 청탁했고 그 뜻을 이루니까요.

비장이 되어 한 행동은 또 어떤가요? 추월을 잡아다가 매를 때리는 장면이 있지요. 돈도 춘풍이 잃은 것보다 두 배를 갚으라고 강요합니다. 이것은 직권 남용*에 해당한다고 볼 수 있지 않을까요?

뇌물과 청탁, 직권 남용. 이것은 오늘날에도 큰 범죄에 해당합니다. 그런데도 춘풍 아내의 행동을 정당하다고 볼 수 있을까요? 이 문제를 놓고 추월이 춘풍 아내를 고소해서 모의 재판이 벌어집니다.

● 춘풍 아내는 직권을 남용했는가?

재 판 장 추월이 춘풍 아내를 직권 남용으로 고소했습니다. 직권을 남용한 죄는 반드시 처벌을 받아야 하므로 형사 재판을 해야 합니다. 하지만 추월은 춘풍 아내가 순순히 직권 남용을 인정하고 돈을 돌려준다면 고소를 취하*할 수 있다고 했어요. 그래서 먼저 합의를 할 수 있는지 알아보기 위해 조정을 하려고 합니다. 변호인 없이 각자 자기 의견을 말하도록 하지요. 자, 고소인인 추월부터 시작하기 바랍니다.

---

* **직권 남용** 공무원이 맡은 권한을 함부로 사용해, 의무 없는 일을 하게 하거나 사람의 권리 행사를 방해하는 것.
* **취하** 신청하였던 일이나 서류 따위를 취소함.

추월 세상에 이런 억울한 일이 또 있을까요. 제가 잘못한 것이 무엇입니까? 기생이 돈 많은 남자를 유혹하는 일은 당연하잖아요. 저도 온갖 정성을 다했습니다. 예쁘게 화장하고 맵시 나는 옷을 입고 칠현금까지 타면서 손님을 접대하는 일이 쉬운 줄 아세요? 저는 열심히 일해서 돈을 벌었을 뿐입니다. 이춘풍은 왕처럼 대접받은 대가를 지불한 것이고요. 그런데 왜 저를 끌고 가서 매를 때립니까? 너무나 분하고 억울해 잠을 잘 수 없어요. 비장이면 백성을 마음대로 끌어다 때려도 됩니까?

춘풍 아내 무, 무슨……. 재판장님, 그렇지 않습니다. 기생집에서 아무리 많은 술을 먹고 밥을 먹고 잠까지 잔다고 해도 하룻밤에 두 냥이면 충분합니다. 열흘이면 이십 냥, 백 일이면 이백 냥, 일 년

이면 육칠백 냥이면 충분하지요. 아니 그것도 많아요. 날마다 하루도 빼놓지 않고 추월이네 집에서 먹고 자고 해도 그 돈이면 넘칩니다. 그런데 보세요. 일 년도 되지 않아 추월은 춘풍이 돈 이천오백 냥을 홀랑 빼앗았어요. 자기 봉사에 대한 정당한 대가가 아닙니다. 장사로 봐도 상도덕 위반이요. 나라의 풍습을 어지럽게 만든 죄가 큽니다. 당연히 잡아다 매로 다스려야지요.

추월 말도 안 됩니다. 제가 강제로 돈을 빼앗았나요? 춘풍이 알아서 준 거예요. 저는 한 냥도 억지로 달라고 한 적 없어요.

춘풍 아내 가만히 있는데 돈을 왜 주나요? 온갖 아양을 떨었겠지요. 옷 사 달라, 신발 사 달라, 전복이 맛있더라, 느티나무 장롱이 좋더라, 하면서 춘풍에게 꼬리를 쳤겠지요. 그러니 어리석은 남정네가 안 넘어가고 배깁니까?

재판장 잠깐. 뭔가를 사 달라고 졸랐다면 그건 알아서 낸 돈이라고 볼 수 없습니다. 고소인은 정직하게 말해요. 옷이며 신발이며 물건들을 사 달라고 졸랐나요?

추월 직접적으로 사 달라고 한 적은 없습니다. 저 옷 참 예쁘다, 저 신발 참 좋아 보인다고 말했을 뿐이에요. 그랬더니 춘풍이 알아서 사 준 거지요.

춘풍 아내 알아서 사 주다니.

그게 말이 돼요? 춘풍이 어떻게 여자 옷을 알고 여자 신발을 알아서 사 준단 말입니까? 음식이며 물건도 마찬가지고요. 재판장님, 추월이 그럴듯하게 말을 꾸미지만 춘풍이 돈을 후려내기 위해 꾀를 부린 것이 분명합니다.

재판장 피고소인(춘풍 아내)의 주장이 일리가 있군요. 고소인이 직접적으로 사 달라고 강요하진 않았다고 해도 춘풍이 고소인의 말을 듣고 돈을 썼다면 묵시적* 강요일 수 있습니다.

추월 재판장님, 억울합니다. 기생들은 다 그렇게 일을 합니다. 저만 그런 게 아니에요. 백 번을 양보해서 제가 강요를 했다고 쳐요. 하지만 춘풍 아내도 엄청난 죄가 있어요. 직권 남용보다 더 큰 죄이지요.

● 춘풍 아내는 뇌물을 쓰고 청탁을 했는가?

춘풍 아내 뭣? 무슨 죄? 또 무슨 꾀를 부리려는 거지?

추월 재판장님, 춘풍 아내는 뇌물을 쓰고 청탁을 하여 원하는 것을 얻었습니다. 도승지 대감이 평양 감사가 될 것을 미리 알고 노부인에게 음식을 해다 바친 거지요. 노부인 마음에 든 뒤 평양 감

---

* **묵시적** 직접적으로 말이나 행동으로 드러내지 않고 은연중에 뜻을 나타내 보이는.

사의 비장 자리를 얻으려고 말이지요. 음식을 해다 바친 것은 뇌물이요, 비장 자리를 얻은 것은 그 대가입니다. 대가가 있으니 뇌물죄가 틀림없습니다.

재 판 장 피고소인, 고소인의 주장이 사실이오?

춘 풍 아 내 맞습니다. 음식을 해다 드린 것도 사실이고 비장 자리를 달라고 한 것도 사실입니다. 그러나 추월과 남편 춘풍의 잘못을 꾸짖기 위해선 어쩔 수 없는 선택이었습니다. 한갓 아녀자인 제가 평양에 홀로 내려가서 무엇을 할 수 있겠습니까? 비장이 되어서도 남장을 하고 갈 수밖에 없는 현실이니까요.

추 월 말도 안 되는 소리! 내가 하면 연애고 남이 하면 불륜이란 건가요? 내가 춘풍에게서 옷을 얻어 입은 것은 죄가 되고 당신이 뇌물을 바친 것은 어쩔 수 없는 일이다? 지나가던 개가 웃을 일이네요. 재판장님, 뇌물죄는 세상을 어지럽히는 크나큰 죄입니다. 춘풍 아내를 엄벌에 처해 주십시오.

춘 풍 아 내 재판장님, 현실을 감안해 주십시오. 여자도 비장을 할 수 있는 세상이라면 제가 무엇 때문에 그렇게 힘들게 길을 돌아갔겠습니까? 노부인에게 음식을 해다 바치고 그 일이 도승지 대감에게까지 알려지도록 하는 게 어디 쉬운 일인가요? 저라고 남장을 하

내 권리를
찾을거야!

고 싶어서 했겠습니까? 여성을 차별하는 세상이 원망스러울 뿐입니다. 이런 세상에서 저는 제가 할 수 있는 최선을 선택했을 뿐입니다. 그것이 죄라 하시면 죗값을 달게 받겠습니다.

추월 하하하. 죄가 되는 것을 알긴 아는군. 나야말로 똑같은 말을 하고 싶어요. 저라고 기생이 되고 싶어 되었겠어요? 세상을 탓하려면 내가 당신보다 더하면 더했지 조금도 못하지 않아요. 재판장님, 더 들을 것 없습니다. 춘풍 아내도 자기 죄를 인정했으니 큰 벌을 주십시오.

재 판 장 두 사람 의견을 잘 들었어요. 충분히 근거가 있는 주장들입니다. 두 사람이 원만하게 합의를 한다고 해도 국법을 어긴 죄는 남을 수 있어요. 법전을 살펴보고 여러 가지 사례를 참고하여 판결을 하도록 하겠습니다. 열흘 뒤에 다시 법정으로 나와 주기를 바랍니다.

> 과연 재판장은 어떤 결론을 내릴까요? 여러분이 재판장이라면 어떻게 판결하겠습니까? 각자 판결문을 써 보는 것도 재미있을 것 같군요.

고전과 함께 읽기

《이춘풍전》과 관련해 함께 보면 좋은 책이나 드라마 등을 소개합니다. 다양한 작품을 통해 고전 이해의 폭을 넓히고 재미를 느껴 보길 바랍니다.

신 화 〈궁상이와 명월각시〉 궁상이는 또 다른 이춘풍이라고?

우리 신화 가운데 《이춘풍전》의 흐름과 꽤 비슷한 이야기가 있습니다. 〈궁상이와 명월각시〉라는 신화인데, 해와 달을 지키는 신이 되는 부부 이야기랍니다.

궁상이는 남편이고 명월각시는 부인이에요. 궁상이란 이름이 어떤가요? 벌써 뭔가 궁상맞은 느낌이 들지요? 하지만 궁상이는 원래 하늘나라 사람이었어요. 재주도 많았고요. 이춘풍처럼 엄청나게 재산이 많았고 아내인 명월각시는 아주 뛰어난 미인이었지요. 그런데 궁상이는 인간 세상에 내려와서 어리석기 짝이 없는 행동을 합니다.

궁상이는 배선이를 만나 친구가 되었어요. 문제는 배선이가 마음이 나쁜 사람이란 거지요. 배선이는 교묘한 꾀를 써서 궁상이 재산을 하나둘 빼돌렸어요. 그렇게 재산을 다 빼돌린 다음에 명월각시를 걸고 내기를 하자고 해요. 어리석은 궁상이는 아내를 걸고 내기를 해서 집니다. 내기에 지고 나서는 방 안에 들어가 불도 때지 않고 훌쩍여요. 참, 얼마나 궁상맞습니까? 그 꼴을 보고도 명월각시는 자기가 다 알아서 한다면서 배선이가 올 때를 기다립니다.

배선이를 기다리는 동안 명월각시는 소 한 마리를 잡아 포를 떠 말리고는 그 포육을 솜으로 삼아 궁상이의 옷을 지었어요. 그리고 옷에 주머니를 달아 낚싯대를 넣어 두었지요. 마침내 배선이가 찾아오자 명월각시는 궁상이를 데리고 가자고 설득했어요. 그런데 강 한가운데에 이르자 배선이는 궁상이를 버렸지요. 물론 명월각시는 궁상이가 물에 떠서 살아날 방도를 이미 마련해 뒀어요.

궁상이는 물에 떠내려가다가 어느 섬에 들어갑니다. 거기서 솜처럼 넣은 소고기 포육을 먹고 낚싯대로 고기를 잡아먹으며 살다 새끼 학들을 구해 줘요. 학 부부가 은혜를 갚겠다고 해서 궁상이는 학의 등을 타고 섬에서 나오지요. 그리고 배선이를 찾아가 명월

각시를 되찾습니다. 이 때도 명월각시가 꾀를 내어 궁상이를 도와요. 구슬 옷을 맞게 입는 사람과 결혼하겠다고 했는데, 그 구슬 옷은 궁상이가 평소에 입던 옷이었거든요. 다시 부부가 되어 잘살다가 궁상이는 해를 지키고 명월각시는 달을 지키는 일월신이 됩니다.

이 신화에 등장하는 남편 궁상이는 이춘풍처럼 대책 없는 인물이에요. 궁상이가 배선이 꾐에 빠지는 거나 춘풍이가 추월이 유혹에 넘어가는 거나 똑같지요?

그런데 이런 궁상이가 해를 지키는 신이 된다니 좀 의아스럽기도 해요. 궁상이가 잘한 일이라곤 자기가 먹을 고기를 나누어 새끼 학에게 먹인 것뿐인데 말이죠. 물론 이춘풍을 생각해 보면, 그나마 궁상이가 더 낫긴 해요. 궁상이는 새끼 학이라도 살렸지만 이춘풍은 아무것도 한 게 없으니까요. 오로지 자기 욕망만을 위해 돈을 다 써 버렸는데도 이춘풍은 아내 덕에 평생 잘 먹고 잘살잖아요.

명월각시와 춘풍 아내는 궁상이와 이춘풍에게는 생명수와 같은 존재입니다. 생명수가 있기에 궁상이와 춘풍이는 살아갈 수 있었던 거지요.

한편, 우리네 삶도 이런 궁상이나 춘풍이의 모습과 닮아 있지 않나요? 어리석고 탐욕스럽고 이기적이고……. 그래서 〈궁상이와 명월각시〉 신화와 《이춘풍전》은 우리들의 서글픈 삶을 보여 주는 자화상과 같다는 생각이 듭니다.

> 궁상이는 이춘풍처럼 어리석고 무능하며, 명월각시는 춘풍의 아내처럼 현명하고 유능한 인물이에요. 가정에 불어닥친 어려움은 〈궁상이와 명월각시〉 신화나 《이춘풍전》 둘 다 남편의 어리석음과 헛된 욕심에서 비롯되고, 이를 극복하고 해결하는 것은 아내의 지혜 덕분이었지요. 〈궁상이와 명월각시〉 신화와 《이춘풍전》은 여성의 우월성을 드러내고 있답니다.

고전 **《계우사》** 기생 의양은 무숙이를 어떻게 길들였을까?

《계우사》는 《이춘풍전》처럼 조선 시대 말기에 쓰인 판소리계 소설이에요. 《계우사》는 판소리 열두 마당 중 하나로 불린 〈무숙이 타령〉(〈왈짜 타령〉)이 1890년경에 소설로 된 작품이지요.

주인공은 왈짜 무숙이입니다. 무숙을 한자로 쓰면 無宿, 곧 '잘 곳이 없다'란 뜻이에요. 어디 한곳에 집을 정하지 않고 떠돌아다니는 사람을 '무숙자'라고 하지요. 무숙이는 부모가 물려준 엄청난 돈을 기생집을 옮겨 다니면서 물 쓰듯 해요. 《이춘풍전》의 춘풍과 같은 인물인 셈이죠.

《계우사》는 무숙이가 기생 차지하기 놀음을 노는 전반부와 무숙이 길들이기가 중심이 되는 후반부로 구성됩니다.

바느질과 길쌈하기 으뜸이요, 음식 솜씨 향내 나고, 세간 살림 착실하고, 일가친척 화목하고, ……중간 생략…… 이러한 어진 아내를 두고 무숙이의 흐린 마음은 오장이 뒤틀리고 성화같이 화를 내며, 집에 잠시도 있기 싫어 남의 밥, 남의 이불을 제 것인 양 지내니 이런 잡놈이 또 있을까. ─ 《계우사/이춘풍전》(작자 미상, 최혜진 옮김, 지식을만드는지식, 2009) 19쪽

춘풍 아내처럼 무숙이는 누구보다 뛰어난 현모양처인 아내가 있어요. 그런데도 기생 차지하기 놀음을 놀면서 평양까지 내려가 기생 의양이를 첩으로 데려오지요. 그런데 의양이는 《이춘풍전》의 추월이와 영 다릅니다. 의양이는 무숙이를 길들여서 아내에게 돌려보내는 '착한 사람' 역할을 맡아요. 무숙이가 허랑방탕한 인물이라면 의양은 기생이지만 올바른 사고방식을 가진 인물인 셈이지요. 일단 의양이는 무숙이를 길들이기 위해 무일푼으로 만들 계획을 짭니다.

판소리는 '판'과 '소리'가 합해진 말이에요. 여기서 판이란 '소리꾼'과 북을 쳐 주는 '고수', 그리고 '구경꾼'들이 모인 자리를 뜻하지요. 이 셋이 모여야 판소리라는 음악이 이루어져요.

현재까지 알려진 판소리의 종류는 모두 12개예요. '마당'이라는 말은 소리꾼이 마당에서 '길게 제대로 하는 소리'라는 뜻인데, 판소리의 종류를 가리키는 용어가 되었지요.

원래 판소리에는 열두 마당이 있었는데, 일곱 마당은 전해지지 않고 지금은 다섯 마당만 남아 있어요. 충(忠)·효(孝)·형제간의 우애 등을 다룬 〈수궁가〉·〈심청가〉·〈흥부가〉·〈춘향가〉·〈적벽가〉, 이렇게 다섯 마당입니다. 나머지 일곱 마당, 〈변강쇠 타령〉·〈옹고집 타령〉·〈배비장 타령〉·〈강릉 매화 타령〉·〈장끼 타령〉·〈무숙이 타령〉·〈가짜 신선 타령〉(또는 〈숙영낭자 타령〉)은 남녀의 에로틱한 관계를 많이 다루었다든지 너무 야하다는 이유로 없어지고 말았답니다.

판소리 장면(ⓒ문화재청)

이 잡자식이 돈만 없으면 사람 될 짓 초를 잡다가도, 돈만 보면 도로 미쳐 매일 술에 취해 농탕치며, 안팎 사랑 친구 벗님 매일 따라다니며 ……중간 생략…… 귀 얇은 무숙이가 옳은 친구, 옳은 말은 원수같이 핀

잔하고, 간사한 말로 웃어 호려 잠깐 좋은 일만 알고 패가망신하였으니 삶아 죽일 인사로다. 의양이는 계속하여 막덕이에게만 지시한다. "아무쪼록 끝장내어 무일푼이 되게 해라."

― 《계우사/이춘풍전》(지식을 만드는 지식) 64~65쪽

　의양이는 하인 막덕이를 시켜 무숙이가 재산을 몽땅 잃게 만들어요. 무일푼 알거지가 된 무숙이에게 의양이는 헤어지자고 말하죠. 의양이는 평양으로 돌아가고 상거지가 된 무숙이는 할 수 없이 집을 찾아갑니다. 남의 집 곁방살이를 하며 하루 굶고 하루 먹는 아내와 자식들. 그 꼴을 보고 나서 무숙이는 의양이에게 돈푼이나 얻어 볼까 하고 평양으로 가지요. 의양은 찾아온 무숙이에게 허드렛일을 하는 '중노미'를 하라고 해요. 춘풍이가 추월이 머슴이 되는 거나 똑같은 구조예요.

　의양이는 무숙이에게 온갖 험한 일을 다 시킵니다. 무숙이는 모욕을 참아 가며 견디는데, 마침내 더 이상 참지 못할 일이 생겨요. 의양이 무숙이 친구 김 별감을 불러들여 서로 사랑을 나

누려고 한 거지요. 의양과 김 별감이 짜고 하는 일이지만 무숙이는 알 턱이 없어요. 의양과 김 별감이 노는 꼴을 보다가 견디지 못한 무숙이가 독약을 먹고 죽으려 할 때야 의양이 사실을 밝힙니다.

서방님도 이 지경이 지극히 중요한 줄 알 것이오. ……중간 생략…… 전일은 다 잊어버리고 원컨대 어부나 농부가 되어 작은 부자로 부지런히 재산을 모아서 살아 보시오.   –《계우사/이춘풍전》(지식을 만드는 지식) 94쪽

의양이 이렇게 당부하고, 친구 김 별감도 좋은 말로 격려와 경고를 하여 무숙의 마음을 바로잡게 합니다.

《계우사》가 《이춘풍전》과 확연히 구별되는 점은 '무숙이 길들이기'가 이야기의 중심이 된다는 점이에요. 돈만 보면 미쳐 날뛰는 방탕한 인물을 길들이려고 하는 의도가 짙게 깔린 작품인 셈입니다. 《이춘풍전》과 비교하면서 읽어 보면 재미있을 거예요.

드라마 〈굿 와이프〉 〈굿 와이프〉의 아내는 어떻게 다를까?

2016년 7월 8일부터 tvN에서 매주 금, 토에 방영된 16부작 드라마가 있습니다. 〈굿 와이프〉라는 작품인데요. 미국 CBS에서 방

영된 미국 드라마를 리메이크한 거예요. 아주 잘나가던 검사 남편이 정치 스캔들과 부정부패로 구속되자, 결혼 이후 일을 그만뒀던 아내가 가족

▲ 미국 드라마 〈the goodwife〉(ⓒ플리커(Jamie Luther))를 리메이크한 〈굿 와이프〉 포스터

의 생계를 책임지기 위해 변호사로 복귀하는 이야기 구조를 가집니다.

드라마 제목처럼 정말 '좋은 아내'이자 '좋은 엄마' 역할을 하기 위해 여주인공 '김혜경'은 애를 써요. 여기까지만 보면 《이춘풍전》의 춘풍 아내와 별반 다를 게 없지요. 그러나 현대판 드라마는 고전 소설과는 달리, 굿 와이프가 굿 와이프로만 그치는 것이 아니라 스스로의 정체성을 찾아가는 일을 중요하게 그려 냅니다.

우선 아내는 "내가 다 설명할 수 있어. 난 함정에 빠진 거야!" 하고 끝없는 변명으로만 일관하는 남편에게 "꺼져!"를 외치며 이혼 서류를 보내요. 《이춘풍전》에서는 결코 일어나지 않는 일이지요.

그리고 자신에게 사랑을 고백해 오는 로펌 대표에게는 이렇게 말해요.

"나에게 필요한 건 로맨스가 아니라 플랜이야."

이 말은 정중한 구애 거절이자 홀로서기 선언입니다. 또다시 누군가의 아내가 되어 자기 일을 그만두지 않겠다는 것이죠. 내가 내 일을 계획(플랜)하고 그 계획에 따라 한 발 한 발 나아가겠다는 뜻이에요. 한 남자의 아내로서가 아니라 '인간 김혜경'의 인생에 눈뜨기 시작한 거지요.

물론 춘풍 아내도 매우 주체적입니다. 노부인에게 접근하고 비장 자리를 따내고 추월이를 벌주고 남편 이춘풍을 변하게 만드는 일련의 과정은 춘풍 아내의 철저한 계획에 따라 진행되고 성공했으니까요. 그러나 춘풍 아내와 〈굿 와이프〉의 아내 김혜경은 다른 점이 분명하지요? 남편을 버리느냐 그렇지 않느냐 하는 점에서요.

남편을 어떻게든 변화시켜 같이 한평생 살아가는 것이 고전 소설의 세계라면 지금은 전혀 그렇지 않아요. 오늘날에는 자신이 원하고 선택한, '주체적인 삶'을 더 중요하게 여긴다고 볼 수 있습니다. 여러분은 어떻게 생각하세요?

물음표로 따라가는 인문고전 13

(이춘풍전) 왜 무능한 남편을 버리지 못할까?

© 장주식 이은주, 2019

1판 1쇄 인쇄일 2018년 12월 20일 | **1판 1쇄 발행일** 2019년 1월 10일

글 장주식 | **그림** 이은주
펴낸이 권준구 | **펴낸곳** (주)지학사
본부장 황홍규 | **편집장** 박미영 | **팀장** 김은영 | **편집** 문지연 김솔지
디자인 디자인앨리스 | **제작** 김현정 이진형 강석준 | **마케팅** 송성만 손정빈 윤술옥 이승혜
등록 2010년 1월 29일(제313-2010-24호) | **주소** 서울시 마포구 신촌로6길 5
전화 02.330.5297 | **팩스** 02.3141.4488 | **이메일** arbolbooks@naver.com
ISBN 979-11-6204-045-4 44810
ISBN 979-11-85786-85-8 44810 (세트)
잘못된 책은 구입하신 곳에서 바꿔 드립니다.

이 도서의 국립중앙도서관 출판예정도서목록(CIP)은 서지정보유통지원시스템 홈페이지(http://seoji.nl.go.kr)와
국가자료공동목록시스템(http://www.nl.go.kr/kolisnet)에서 이용하실 수 있습니다.(CIP제어번호: CIP2018041528)

 제조국 대한민국　사용연령 10세 이상
KC마크는 이 제품이 공통안전기준에 적합하였음을 의미합니다.

 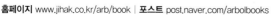 지학사아르볼　아르볼은 '나무'를 뜻하는 스페인어. 어린이들의 마음에
담긴 씨앗을 알찬 열매로 맺게 하는 나무가 되겠습니다.
홈페이지 www.jihak.co.kr/arb/book | **포스트** post.naver.com/arbolbooks